Les gardiens du secret
Étranges connexions

Catherine Missonnier
Couverture de Jaouen Salaün

Les gardiens du secret
Étranges connexions

RAGEOT

ISBN 978-2-7002-3233-2
ISSN 1951-5758

9 novembre 1989.
Campus de l'université de Harvard,
état du Massachusetts, USA.

Sur l'écran de télévision, la foule rassemblée devant le mur gris qui sépare Berlin en deux devient de plus en plus épaisse, les visages sont remplis d'espoir, mais la peur n'a pas encore disparu. Un petit groupe décidé se fraie un chemin jusqu'à l'unique portail aménagé dans le mur.

Quelqu'un crie en allemand :

– Ils ont dit que la frontière était ouverte. On sort !

Il brandit une énorme tenaille et brise le cadenas qui maintient fermés les deux lourds battants du portail. Il les écarte. Pendant quelques secondes personne n'ose franchir la porte ouverte. Puis une grappe d'hommes marchant au coude à coude s'avance et très vite c'est la ruée.

« Les Allemands de l'Est sont en train de passer à l'Ouest par milliers, commente la journaliste, et la police ne bouge pas. »

La caméra zoome sur les silhouettes des gardes-frontières en uniforme vert sombre, casqués, mitraillette en bandoulière, qui tournent le dos à la foule et remontent vers les miradors.

De l'autre côté du portail, une foule en délire, bouteille à la main, accueille les arrivants. On s'étreint, on s'embrasse, le champagne jaillit, les bouteilles circulent de main en main. Et les habitants de Berlin Est continuent à s'engouffrer dans la brèche ouverte vers l'Ouest.

– Ils peuvent remercier Gorbatchev, dit Norman qui n'a pas quitté l'écran des yeux depuis que CNN a annoncé que les Allemands de l'Est étaient désormais libres de sortir de leur pays.

– Et tous ceux qui ont bravé la domination soviétique, ajoute Rachel, Vaclav Havel, Solidarność...

– Et la CIA, ajoute Klaus un sourire en coin.

– Sans doute, soupire Norman, mais c'est le résultat qui compte. La guerre froide est finie. Le monde va vivre en paix, une ère nouvelle commence.

– Espérons, souffle Klaus.

– Toujours ton pessimisme, grogne Norman.

Les caméras sont maintenant passées à l'Ouest. De ce côté, le mur est couvert de dessins, de graffitis, de poèmes. Un groupe de jeunes hisse vers le sommet un garçon aux cheveux longs. On lui tend une pioche, il se met à frapper à grands coups rageurs sur le béton qui saute par petits éclats, la foule applaudit. Enfin, il se dresse, sa pioche tendue vers le ciel. La foule à ses pieds hurle de joie. Des dizaines de pioches surgissent d'on ne sait où, on attaque le béton de toutes parts. Le sommet du mur de Berlin est maintenant hérissé de jeunes corps triomphants qui dansent de joie.

– Reconnais que l'espoir a de la vigueur aujourd'hui, souligne Eva en s'asseyant sur le canapé à côté de Klaus.

Eva est blonde, belle, paisible et rigoureuse. Pour un esprit tourmenté comme celui de Klaus, le mélange est irrésistible. Pour celui d'Akiro aussi, mais il le montre moins.

– Quel que soit l'avenir, ce qui se passe cette nuit à Berlin mérite d'être fêté, dit Nimal en revenant de la cuisine avec une bouteille de champagne.

Amalia, qui est jusqu'à présent restée silencieuse, assise en tailleur devant le poste de télévision, se lève d'un bond.

– J'apporte des verres.

Amalia se sent ici comme chez elle. L'appartement de Nimal, Akiro et Norman est leur quartier général. C'est là qu'ils ont pris l'habitude de se retrouver. Leur amitié s'est tissée progressivement, au hasard des rencontres à la bibliothèque, à la cafétéria, dans les cours que certains ont en commun à Harvard. Elle leur est aussi précieuse aujourd'hui que leur place dans cette université convoitée.

Ce sont tous des étudiants hautement spécialisés. Norman est médecin et généticien, Amalia ingénieur en télécommunications, Rachel historienne et sociologue, Klaus psychiatre, Eva mathématicienne, Akiro biochimiste, Nimal microbiologiste. Ils sont venus des quatre coins du monde suivre des spécialisations post-doctorales, le niveau d'études le plus élevé, dans les meilleures équipes de recherche américaines, et sans doute du monde, car ils sont les meilleurs dans leur spécialité. Mais il y a plus : une sorte d'idéalisme, de besoin d'être utile à l'humanité, qui les relie. D'angélisme, se moque Klaus.

Sur l'écran Berlin-Est et Berlin-Ouest s'embrassent et fraternisent. Certains mettent dans leur sac les morceaux de mur qu'ils viennent de casser à coups de pioche.

– Le mur passe au rang de souvenir, rigole Nimal. Bientôt on en trouvera des morceaux dans les musées.

– Au musée, la guerre froide ! clame Amalia en levant son verre.

– Au musée, toutes les guerres ! dit doucement Norman.

– À vos illusions ! soupire Klaus.

Mais il tend quand même son verre vers les autres.

Un mercredi soir de février 1994.
Dans un chalet au bord du lac Flagstaff,
état du Maine, USA.

Sur l'écran de télévision on ne parvient pas à distinguer les morts des blessés. Des membres arrachés ont été projetés sur des corps ensanglantés, gémissants. Une très jeune femme est affaissée au pied d'un étal de boucherie, la poitrine défoncée, les yeux fixes. Deux hommes aux mains et aux vêtements tachés de sang essaient de glisser sur un brancard un troisième, la jambe en charpie. Un hurlement de désespoir jaillit soudain d'une femme qui serre contre elle un enfant inanimé...

« Un obus de mortier est tombé ce matin au cœur du marché Markale à Sarajevo, faisant au moins soixante morts et près de deux cents blessés... Voilà presque deux ans que les Serbes, refusant l'indépendance de la nouvelle République de Bosnie, font le siège de Sarajevo, sa capitale. Plus de huit mille personnes ont déjà été tuées par les tirs d'obus lancés sur la ville depuis les collines environnantes… »

Après quinze minutes d'images sanglantes, le présentateur annonce le massacre de dix personnes au Burundi, en Afrique centrale, dans le conflit qui oppose Hutus et Tutsis : « La fuite des populations tutsies terrorisées prend une dimension d'exode… » commente le journaliste.

– Klaus avait raison, soupire Norman, la boucherie continue. La fin de la guerre froide n'y a rien changé.

– En deux cent mille ans d'existence, Homo sapiens a réussi à se poser sur la Lune, à envoyer des sondes sur Mars et demain sans doute sur Titan, mais il n'a fait aucun progrès en humanité, constate Rachel.

– Deux cent mille ans ce n'est rien, plaide Amalia. Il a fallu cinq millions d'années pour faire de l'australopithèque un Homo sapiens. Il en faudra encore des milliers pour que sapiens devienne réellement sage.

– Au rythme où se multiplient les conflits et les armes nucléaires, où l'effet de serre fait fondre les calottes glacières, la terre sera invivable avant qu'Homo sapiens ait ébauché sa prochaine mutation.

– Et pour le moment, c'est toujours silence radio sur les ondes intergalactiques, regrette Nimal. Si l'homme disparaît, la vie disparaîtra avec lui.

– C'est vrai que nous sommes bien partis pour nous détruire, reconnaît Akiro.

– Puisque sapiens ne se décide pas à muter, il va falloir l'aider, annonce gravement Norman.

– C'est pour ça que la Fondation nous a invités à ce colloque et que tu nous as emmenés ici, n'est-ce pas ?

– Je crois que le moment est venu de vous parler du but de la Fondation créée par Arthur, pour laquelle je travaille depuis quatre ans. Il vient de m'en confier la direction. Il vous salue, mais il n'a plus la force de venir. Je crains qu'il ne voie pas le prochain printemps.

La rumeur de la maladie d'Arthur Fabrizzi, prix Nobel de génétique, avait couru. Les paroles de Norman lui donnent une réalité brutale. Ceux qui sont réunis là ont tous, plus ou moins étroitement, travaillé pour la Fondation d'Arthur Fabrizzi, tous l'estiment et l'admirent. Mais leur silence n'est pas seulement le fruit de leur tristesse.

– Ces contrats qu'il nous a passés aux uns et aux autres il y a deux ans, entrent dans ce projet ? demande enfin Eva.

– À nous sept, en réunissant nos forces et nos compétences, nous avons les moyens de provoquer cette mutation…

– C'est terriblement risqué.

– Pas plus que de laisser les choses aller comme elles vont.

– Tu te prends pour Dieu, se moque Klaus.

– Quinze milliards d'années de tourbillons galactiques, de soubresauts volcaniques, de création d'atmosphère, d'apparition des premières cellules vivantes, de production d'oxygène, quinze milliards d'années de labeur de l'univers pour arriver jusqu'à nous, ce miracle de la vie, et pfuitt… plus rien ! Tu ne crois pas, Klaus, que ça vaut la peine d'empêcher ça ?

– Nos travaux sont encore incomplets, rien n'assure que les résultats seront ceux que nous espérons, proteste Akiro.

– C'est pourquoi nous n'avons plus de temps à perdre. Il faudra bien trente ans à nos nouveaux sapiens pour parvenir à des postes où ils auront assez de poids pour modifier la marche du monde. Si nous attendons, ce sera trop tard.

– Et s'ils refusent, si leur désir est de rester dans l'ombre ? dit Rachel.

– Dans l'ombre on peut être aussi influent que dans la lumière. L'important est qu'ils aient le plus grand choix possible : la politique, les sciences, l'action humanitaire, le sport, l'art... Ce sera à nous de leur offrir ces potentialités.

– On va jouer aux apprentis sorciers ! Tu imagines ce que risque l'humanité si nous fabriquons des monstres ? s'écrie Klaus.

– L'humanité les fabrique toute seule, ses monstres. C'est justement pour les neutraliser que nous travaillerons, s'enflamme Norman. À nous sept, aujourd'hui, nous formons l'équipe de chercheurs les plus avancés et les plus compétents au monde. Nous prendrons toutes les précautions...

Norman pose sur la table une série de disquettes.

– Le projet est là. Vous y trouverez la synthèse des travaux que vous avez déjà menés, j'ai esquissé la suite, mais j'ai besoin de vous pour continuer.

– On ne peut pas prendre une décision aussi grave en quelques jours, proteste Eva.

– Je ne vous le demande pas. J'aimerais seulement que vous examiniez ces documents et que vous me donniez votre avis.

Norman distribue un paquet de disquettes à chacun, les ordinateurs portables sortent des housses.

Dimanche soir, les tables sont jonchées de papiers, de verres sales. Les visages sont graves et épuisés.

– Tu nous as bluffés Norman, tout est déjà très au point, reconnaît Nimal.

– Pas complètement, certaines solutions ne sont qu'ébauchées, nous avons encore beaucoup à faire ensemble.

– C'est exaltant, murmure Eva, mais je ne suis pas sûre d'avoir l'abnégation nécessaire…

– Nous serons solidaires, dit Rachel en posant la main sur le bras d'Eva.

– Et nous ne perdrons jamais les enfants de vue, assure Nimal.

– La Fondation aura les moyens de financer tout ça ? s'inquiète Akiro.

– Arthur l'a prévu.

Un long silence s'installe.

– Sous réserve d'affiner l'organisation de leurs premières années et celles de leur adolescence, sur le principe, je suis d'accord, annonce gravement Eva.

– Moi aussi, ajoute Amalia.

Rachel, Akiro et Nimal suivent, à quelques détails près. Klaus, qui a peu parlé pendant ces quatre jours, se décide à intervenir. Norman retient son souffle, il sait que l'avis de Klaus sera déterminant.

– Je comprends que ça vous tente, soupire amèrement Klaus, nous allons devenir tout-puissants, créant des êtres conformes à nos désirs, programmant secrètement leur existence pour qu'ils répondent à nos attentes... Quel orgueil ! Et quelle tentation. Imaginez le pouvoir que donneront ces mutants à ceux qui les encadreront.

– Ce n'est pas pour satisfaire notre gloire qu'Arthur et moi travaillons depuis quatre ans, bondit Norman.

– Je sais, répond Klaus d'une voix apaisante, que vous êtes désintéressés et intègres, Arthur et toi. Nous le sommes aussi, c'est pour cela que nous sommes amis et que c'est à nous que tu as pensé pour monter ce projet insensé. Mais dans vingt ans, le serons-nous toujours autant ?

Ils se regardent, en silence, vaguement mal à l'aise.

– Klaus a raison, dit doucement Akiro, si ces enfants sont aussi réussis que nous l'espérons, la tentation sera grande de garder la main sur eux.

– Nous ne les influencerons que le temps de leur formation, après ils seront libres, affirme Norman avec calme. C'est une des conditions du projet.

– Alors, donnons de la solennité à notre engagement, propose Klaus. Faisons le serment de respecter la liberté de ceux en qui nous allons mettre nos espoirs.

– Je m'y engage, dit gravement Norman.

– Moi aussi, prononcent ensemble les six autres.

Un sourire de complicité retrouvée apparaît sur les visages.

– Buvons à l'humanité nouvelle, conclut Nimal en levant sa tasse de café froid.

1

Quinze ans plus tard,
département des Yvelines. France.

Mike aurait dû se méfier quand Jonathan a annoncé « une petite soirée sympa ». Il aurait pu deviner que Neil serait de la partie. Jonathan ne peut plus se passer de Neil. Mike a un petit pincement au cœur. Certains jours, Jonathan ne lui cache pas que ses quatorze ans le classent encore dans la catégorie « enfant ». Ces jours-là il en veut à ses parents de lui avoir fait sauter une classe sous prétexte qu'il perdait son temps. La petite soirée sympa à regarder *Lost in 4 006* et *Total Distress* tourne à la fumette, vautrés dans les canapés à écouter les histoires de filles de Neil.

Quand Neil sort de son sac un DVD carrément porno pour remplacer *Total Distress*, Mike déclare forfait.

– Je vais me coucher, faut que je sois en forme pour le match.

– Petite nature ! rigole Neil.

– Peut-être, reconnaît Mike indifférent.

Les sarcasmes d'un imbécile comme Neil ne lui font ni chaud ni froid, il regrette seulement sa soirée perdue. Mais rentrer en vélo la nuit par ce doux temps de printemps n'est pas désagréable. À Cambridge, aux États-Unis, où il a vécu jusqu'à l'année dernière, il n'y avait pas de printemps. La neige fondait en quelques jours, une chaleur moite posait son couvercle sur la ville et tout devenait vert. Ici, le climat hésite. Un jour il fait doux, les forsythias commencent à fleurir, puis le froid revient, les arbres ne retrouvent leurs feuilles que très lentement.

Les saisons prennent leur temps pour s'installer, comme les gens pour se décider. Drôle de pays, mais Mike commence à s'y plaire. Tant mieux, car son père doit rester ici au moins deux ans pour mettre au point un projet que Friedman, le laboratoire américain pour lequel il travaille, mène en collaboration avec une équipe française.

Quand Mike arrive, la maison est vide et silencieuse, ses parents sont à l'Opéra. Depuis qu'ils sont en France, sa mère se gave de musique, de musée, de théâtre... Puisqu'elle abandonnait son poste d'enseignante au département de physique d'Harvard, la prestigieuse université de Boston, pour suivre son mari à Paris, elle entendait en profiter. Ce séjour en France, ce sont ses vacances.

Nick, le père de Mike, rentre de plus en plus tard du bureau et il retourne souvent aux États-Unis, mais quand il est là, il accompagne sa femme volontiers. Ce soir ils ne rentreront pas avant deux heures, après l'Opéra ils dînent avec des amis.

Mike allume son ordinateur. Puisqu'il est rentré tôt, il a le temps de consulter ses mails. Deux messages l'attendent de ses correspondants chinois et brésilien, avec lesquels il échange des idées pour transformer des déchets en énergie ou faire marcher un scooter à l'huile de colza. Ça le change des plaisanteries lourdes de Neil.

Il répond tranquillement, prend une longue douche pour effacer les odeurs de fumée, avale un verre de lait et se glisse sous sa couette avec plaisir.

Une heure plus tard, Mike se dresse dans son lit. Une succession de bruits feutrés en provenance du rez-de-chaussée l'a tiré de son sommeil. Il a laissé sa porte ouverte, le son monte jusqu'à lui. Quelqu'un déplace des objets ou des meubles avec précaution, on parle à voix basse. Ce ne sont pas ses parents, il n'est que onze heures.

Mike sort silencieusement sur le palier. Des faisceaux de lampe électrique balaient le living. Des cambrioleurs !

Une silhouette sombre s'affaire près de la cuisine où se trouve le coffre-fort, une autre est en train de débrancher le disque dur de l'ordinateur de sa mère.

Ils sont deux, pas très grands mais carrés. Mike reste immobile en haut des marches. Celui qui s'occupe du coffre est très concentré sur le système de verrouillage. L'autre en a fini avec le disque dur qu'il place dans un sac posé par terre. Il éclaire les étagères au-dessus du bureau jusqu'à ce qu'il découvre la boîte de CD de sauvegarde. Qu'est-ce que ces types cherchent ?

Mike a beau se concentrer, il ne parvient à capter de leurs pensées qu'une impression de hâte, mais aucune phrase distincte.

L'homme qui s'occupe du coffre se tourne alors vers son complice et lance un ordre dans une langue inconnue où se glissent quelques mots d'anglais : « computer » et « get moving ! » L'homme pose les CD dans le sac et traverse le living d'un pas légèrement saccadé, il boite de la jambe droite. Il se dirige vers l'escalier, en haut duquel se trouve le bureau de son père, qui contient un ordinateur autrement plus sophistiqué et performant que celui du living.

L'homme avance sans hésitation. Il connaît la disposition des lieux. Ce ne sont pas des amateurs. « Ils croyaient la maison vide, se dit Mike, s'ils me découvrent là, ils ne vont pas aimer. » Il recule vers sa chambre en retenant sa respiration, mais il n'a pas été assez rapide, le faisceau de la torche déniche ses pieds. Le type gronde et se rue sur lui.

Mike ouvre la porte de sa chambre et la rabat de toutes ses forces, le pied de l'homme est déjà placé entre le battant et le chambranle. Mike ne fait pas le poids, d'un coup d'épaule l'homme pousse la porte. Son attitude et le ton des mots qui se pressent dans sa tête pétrifient Mike. Il ne parviendra pas à convaincre ce type de le laisser tranquille.

Une seule issue, la fenêtre. Il saisit la chaise de son bureau et la balance vers la vitre, mais l'homme lui agrippe le bras, le tire vers lui, et de l'autre lui expédie son poing dans la mâchoire. Tout devient noir.

Une sensation de fraîcheur le réveille. Une femme en blouse blanche lui humecte le visage tandis qu'un homme, en blouse également, prend sa tension.

– C'est bon, dit l'homme, il n'a rien de grave. Il a juste été sonné.

Deux policiers en uniforme et un homme en jean et polo s'affairent dans la maison. Les parents de Mike ne sont toujours pas là.

– Lieutenant, vous pouvez lui parler, dit le médecin à l'homme en polo.

– Tu veux bien me raconter ce qui s'est passé ? demande le lieutenant, un type jeune au visage ouvert.

Mike fait le récit de la soirée, en précisant que la maison devait être vide, ses parents sont à l'Opéra, lui était chez un copain, les cambrioleurs semblaient le savoir, ils ont été très surpris de le voir là.

– Tu peux me les décrire?

Mike essaie de donner une image fidèle des deux hommes, il mentionne que l'un des deux boitait.

– Ils ne sont pas français, ajoute-t-il, ils parlaient une langue que je ne connais pas, avec quelques mots d'anglais. Ils travaillaient vite et bien, comme s'ils savaient ce qu'ils cherchaient et où le trouver. Ce qui est curieux, continue Mike en regardant autour de lui, c'est qu'ils ne se sont pas intéressés aux tableaux.

Sa mère lui a pourtant dit que ce Delaunay et ce Zao Wou-Ki, dont elle est très fière, valent pas mal d'argent.

– Ce n'est peut-être pas pour eux qu'ils étaient venus, ou alors nous sommes arrivés trop tôt, suppose le policier.

– Comment avez-vous su que nous étions cambriolés? s'étonne Mike.

– On a été prévenus à onze heures dix que des voleurs s'étaient introduits chez toi.

– Un voisin?

– Un homme, très inquiet, qui a raccroché tout de suite. On a cru à une blague, mais on est venu voir quand même.

– C'était qui cet homme?

Pour la première fois, le policier est embarrassé.

– On ne sait pas, il a appelé d'une cabine, il n'a pas donné son nom.

C'est bizarre, cet appel anonyme, il n'y a rien de honteux ou de dangereux à signaler un cambriolage.

L'arrivée de ses parents met fin aux supputations de Mike.

Ils sont complètement affolés de le trouver étendu sur le canapé, un médecin et un policier à ses côtés. Ils refusent de répondre aux questions avant de l'avoir examiné sous toutes les coutures et d'avoir entendu le médecin assurer trois fois qu'il va bien. Et lorsque son père accepte enfin de récapituler avec les policiers les objets qui manquent dans la maison, ses regards ne le quittent pas.

Pourtant Mike a l'impression que ce n'est plus sa santé qui le tracasse. Quand le lieutenant évoque le langage inconnu des cambrioleurs, son père a un mouvement d'inquiétude, s'empresse de remercier les policiers d'être venus si vite et les interroge pour savoir s'ils ont tous les renseignements dont ils avaient besoin. Il a envie de les voir s'en aller.

Ce n'est que plus tard dans la nuit, une fois l'agitation retombée, les policiers partis et ses parents couchés, que Mike se demande pourquoi des voleurs si bien renseignés sur la disposition de la maison, la présence des habitants, n'ont emporté que deux disques durs et des CD.

Qu'est-ce qui pouvait bien les intéresser là-dedans ? Des informations relatives aux recherches de son père ? Mike sait qu'il travaille souvent à la maison. Est-ce pour cette raison qu'il était inquiet ? Mike n'a pas réussi à capter ce que son père craignait, comme s'il s'empêchait d'y penser.

2

Norman quitte la pièce où brillent en permanence les écrans de contrôle. Ni lui ni l'observateur de garde n'ont remarqué de bizarreries et pourtant son biper vibre dans sa poche. Il se dirige le plus calmement possible vers son bureau, qu'il ferme à clef avant de taper sur son ordinateur le code qui le met en relation cryptée avec les autres membres du réseau.

Un message d'Amalia s'affiche aussitôt.

– Il y a eu un cambriolage nocturne chez Mike alors qu'il était seul à la maison.

– Tu peux continuer, je suis devant l'écran, annonce Norman.

– Quand le relais a compris ce qui se passait, il a prévenu la police qui est arrivée très vite. Les voleurs ont agressé Mike mais il a récupéré tout de suite, explique Amalia.

– Agressé comment?

– Un uppercut à la mâchoire. Ce n'étaient pas des cambrioleurs ordinaires. Ils n'ont emporté que les disques durs et des CD, et d'après le peu de phrases que le relais a réussi à capter, ils parlaient coréen.

– Nick Warehime aurait commis l'imprudence d'emporter chez lui des informations sur ses recherches ?

– Peut-être. Les accords que son employeur vient de signer avec le Pentagone l'inquiètent.

– Il a raison d'être inquiet. Mais il met Mike en danger. On va renforcer la surveillance. Tu peux demander au relais d'être plus disponible ?

– Je m'en occupe.

3

Jonas somnole en écoutant vaguement les propos de Mme Johnson, la prof de français. Il a mal dormi. Il a été réveillé en pleine nuit par une douleur inexplicable à la mâchoire qui a mis un moment à passer. Il faut qu'il émerge, car il va avoir besoin de toute son énergie pour empêcher Max de se faire déglinguer.

Jonas n'aime pas trop s'occuper des affaires des autres, mais Max est un véritable ami. Le premier qu'il s'est fait en arrivant au Planais, il y a quatre ans après la mort de ses parents. Max a été le seul à ne pas ricaner quand il a naïvement levé le doigt pour répondre aux questions des profs avant tout le monde et à l'interclasse il est venu vers lui pour l'avertir.

– Tu viens d'où ?

– De Montpellier.

– Ça doit pas être comme ici. Dans ce collège, si tu es bon, tu as intérêt à le cacher.

– Les autres sont si mauvais ?

– Pas tous, mais si tu le montres, t'es mal vu. Mal vu, tu parles ! Ridiculisé, rejeté, taxé de tes feutres, de tes stylos, de tes fringues. Jonas a arrêté de répondre aux questions, et depuis l'année dernière, il trouve plus prudent de rater aussi les contrôles.

– Tu vas finir par redoubler, s'est étonné Max.

– Ça vaut mieux que de me faire piquer mon iPod ou mes rollers.

Jonas a encore le souvenir de la fois où ça a failli lui arriver.

– Alors Rivière, il paraît que tu cartonnes en maths ? T'as trop de chance. Il est sympa ton iPod, faudrait partager, mon ami.

Ils étaient deux, des troisièmes, qui l'attendaient à la sortie du collège. L'un tendait déjà la main vers le iPod, le second se balançait d'un pied sur l'autre, prêt à cogner.

– C'est plus facile de taxer mon vieux iPod que le neuf de Sénéchal, avait constaté Jonas de la voix grave et convaincante qu'il allait chercher au fond de lui en cas de panique.

Alex Sénéchal exhibait tous les gadgets dernier cri, mais il n'était pas du genre à se laisser dépouiller sans réagir. Les deux troisièmes s'étaient regardés en haussant les épaules.

– Bon ça va pour cette fois, mais t'arrête de crâner avec dans les couloirs.

Depuis quatre ans qu'il est ici, Jonas a appris à se débrouiller seul. Le plus dur a été de maîtriser l'envie de pleurer qui le prenait parfois quand une lumière, une phrase, une odeur surtout, lui rappelait Montpellier. Il sentait comme un gouffre noir s'ouvrir dans sa poitrine. Ça arrive encore, seulement lorsque le souvenir est trop puissant.

Ce matin il n'a pas de temps pour la nostalgie, il faut qu'il veille sur Max. Quelle idée aussi, de montrer à tout le monde qu'il est amoureux de Nadia ! Il aurait dû se cacher, il sait bien que dans ce collège, il ne faut pas se faire remarquer. Seulement voilà, l'amour ôte toute prudence. Et Alex Sénéchal, le choléra de leur 3e 4, a tout de suite remarqué le regard enamouré de Max et ses petites phrases gentilles qui déclenchaient les sourires de Nadia.

Jusqu'ici Alex ne s'était pas intéressé à Max. Max passait pour un bon bougre serviable et Alex lui foutait la paix. Mais aujourd'hui, il ne résistera pas à la tentation.

Jonas entend le roulement réjoui de ses pensées : « Ah le con ! Le gros con ! On va rigoler… »

Dès que la sonnerie retentit, Alex se faufile jusqu'à Max qui se dirige vers Nadia, un sourire de bonheur affiché sur son aimable visage.

– Alors gros bouffon, elle te plaît Nadia ? demande Alex assez fort pour qu'on l'entende jusqu'au fond de la salle.

Quelques-uns s'arrêtent amusés, il y a toujours des lâches pour rire des vannes d'Alex. Les joues rondes de Max deviennent rouge brique, il cherche une réplique cinglante toutefois Alex ne lui en laisse pas le temps.

– Elle a de la veine Nadia, avec toi elle en aura plein les bras.

Cette fois, c'est Nadia qui rougit, elle détourne la tête et s'éloigne avec Julie.

– C'est pas comme toi avec Sophie, remarque Jonas en rigolant, il paraît qu'elle t'a jeté.

Sophie est la plus jolie fille de leur 3e 4, des boucles couleur de châtaignes, et des yeux qui fusillent si on a le malheur de l'agacer. La moitié des garçons de la classe rêvent de sortir avec elle, Jonas compris, mais il n'a pas beaucoup d'illusions. Avec ses jambes trop longues, trop minces et sa tignasse frisée comme une toison de mouton, il n'est pas assez sexy.

Alex est moins lucide, il a tenté sa chance et s'est fait renvoyer dans les cordes par un : « Tu t'es pas regardé ! » insultant. Il a remâché la phrase tant de fois que Jonas n'a eu aucun mal à l'entendre.

Les yeux d'Alex deviennent des billes glacées.

– Voilà le chevalier blanc qui vient protéger son gros copain ! susurre-t-il mauvais.

Max, blême de rage, s'avance poings serrés vers Alex qui n'attend que ça.

– Venez admirer Alex dans son exercice préféré, annonce Jonas à la cantonade, une attaque de karaté contre un type qui n'en a jamais fait.

Les prunelles d'Alex se durcissent, mais il ne bouge pas.

– Bâtard, lâche-t-il avec un maximum de mépris dans la voix. On se retrouvera.

Max est tiré d'affaire, pourtant Jonas n'est pas léger pour autant. Il a horreur des bagarres, elles le paralysent. Ce n'est pas qu'il ait peur, il est assez grand et musclé pour faire face à un adversaire, mais il est incapable de se mettre en colère et de foncer sur l'autre. Il sent la fureur monter, et, pfuitt, elle retombe aussitôt comme un ballon se dégonfle. Il se trouve complètement idiot avec ses poings dressés. Alors il essaie d'esquiver les coups, au pire il encaisse et le combat cesse quand son adversaire abandonne dégoûté en le traitant de minable, ce qui est encore plus désagréable que les coups.

Pour éviter d'en arriver là, il a mis au point des stratégies subtiles. Avec Alex, ce qui marche le mieux, c'est l'ironie. Chaque fois qu'Alex le provoque, Jonas répond d'un air navré : « Désolé, j'avais oublié que tu étais le plus fort. » Alex rit jaune et va narguer quelqu'un d'autre.

– Fallait me laisser faire, dit Max, maintenant c'est toi qu'il va chercher.

– Ça fait un bail qu'il me cherche, il n'a jamais réussi à me coincer. C'est pas très dur de deviner ce qu'il manigance.

Sur ce point Max est d'accord. Depuis quatre ans qu'ils se connaissent, il ne s'étonne plus quand Jonas l'avertit qu'un prof va leur balancer un contrôle surprise ou que Mercier, le CPE, est d'une humeur de chien et qu'il vaut mieux l'éviter.

Max a décidé un jour que Jonas était un surdoué de l'intuition. Ça arrange Jonas. Avec Max, il n'a pas trop besoin de se contrôler. C'est parfois difficile de cacher qu'il entend les pensées des autres. En fait, il devine déjà beaucoup rien qu'en observant les visages et les corps, mille petits signes lui disent si quelqu'un est amical ou hostile, sincère ou pas. Mais en plus, s'il se concentre d'une certaine façon, il entend ses pensées.

Ce n'est pas vraiment qu'il entende, d'ailleurs, c'est une sorte de courant qui s'établit d'eux à lui. La plupart du temps, ce qu'il capte n'a aucun intérêt. Les gens ont comme une bouillie informe dans la tête, mais quand leurs pensées deviennent claires il les perçoit comme des phrases. Ça l'a souvent aidé à désamorcer Alex.

Ce à quoi il n'a pas réussi à s'habituer, c'est d'entendre un type qu'il prenait pour un copain se dire : « Quel con ce Jonas », ou pire : « Il se prend pour qui, ce bouffon ? » Il a beau savoir que lui non plus ne se prive pas de les juger, à chaque fois les remarques méchantes sont comme des flèches empoisonnées qui se plantent dans sa peau et distillent longtemps leur poison.

Lorsque, à dix-sept heures, Jonas pousse la porte de l'appartement, comme d'habitude les chansons de Shakira lui écorchent les oreilles. Noémie ne peut écouter ses tubes qu'à plein volume. À cette heure-ci, ça ne gêne que Jonas, Clara est encore à l'étude et Joséphine ne rentre de son travail qu'à dix-neuf heures.

Jonas pousse la porte de la chambre de Noémie. Elle est couchée à plat ventre sur son lit, la tête dans les bras, secouée de sanglots.

– Ça ne va pas ? dit Jonas en s'asseyant à côté d'elle.

– Mêle-toi de tes oignons !

– C'est Sébastien ?

Les sanglots deviennent de gros hoquets désespérés.

– Il ne m'aime plus !

Noémie peut difficilement garder un garçon plus de trois mois. Pourtant, cette fois, elle en a choisi un très cool qui supporte d'être embrassé toutes les dix minutes.

– Mais si, il t'aime. Seulement ça se voit trop que toi tu l'aimes, explique Jonas. Il faut que tu l'inquiètes un peu.

Noémie cesse de sangloter.

– Je fais quoi pour l'inquiéter ?

– Tu discutes avec les autres garçons, tu le rends jaloux.

– J'y arriverai jamais.

– Si, tu y arriveras, parce que tu seras très entourée et que Sébastien se fera du souci.

Enfin un petit sourire. Il a fallu à Jonas plusieurs mois pour apprivoiser Noémie. Avec Clara et Joséphine ça a été beaucoup plus simple. Pour Clara il est le grand frère qu'elle aurait toujours voulu, Joséphine l'aime comme son enfant, et elle est bien contente de pouvoir compter sur lui pour s'occuper des deux autres.

Lorsque ses parents sont morts dans l'accident de l'avion qui les ramenait de Hong Kong, la seule fois où sa mère accompagnait son père dans un de ses voyages, Jonas a pensé mourir lui aussi. Quand sa grand-mère est venue le chercher à l'école, elle ne parvenait ni à parler ni à retenir ses larmes. Il a compris tout de suite. Lui non plus n'a pas réussi à parler. Rentré à la maison, il s'est jeté sur son lit, a rabattu sa couette sur sa tête et est resté des heures sans bouger, sans penser, presque sans respirer.

Pourtant ce n'étaient pas ses vrais parents. Ils l'ont adopté à trois ans. Mais il avait presque l'impression d'être né dans cette famille. Comme si Lise et Étienne l'avaient attendu trois ans au lieu de neuf mois. Sa mère lui a raconté que lorsqu'elle était arrivée, avec son père, pour faire sa connaissance au Refuge, à Verbier en Suisse où il a passé ses premières années, elle n'avait vu que lui parmi les enfants.

– Tu étais si beau, si drôle, si vif ! Ça ne pouvait être que toi.

Avec le recul, Jonas pense que ses parents adoptifs étaient exactement ceux qu'il lui fallait. D'abord il était sûr qu'ils l'aimaient. Même quand il était en colère contre eux, qu'il les trouvait injustes, il n'a jamais pensé que c'était parce qu'il était adopté. Et lui aussi était exactement le genre d'enfant qu'ils désiraient, curieux, voulant tout comprendre, audacieux. Jonas se souvient du cri de son père quand il l'avait découvert perché sur le plongeoir de trois mètres. Il nageait depuis une semaine.

– Jonas, descends de là !

– Je peux sauter, je ne me noierai pas puisque je sais nager.

Il avait un peu peur, mais il aurait été vexé qu'on le retienne. Son père avait hésité quelques secondes.

– Bon, vas-y.

Jonas avait fermé les yeux et il avait sauté. Le temps de sa chute, il avait eu l'impression que son cœur s'arrêtait. Il s'était enfoncé dans l'eau, son père était juste devant lui, il lui avait tendu la main, ils étaient remontés ensemble.

Puis son père lui a appris à plonger, à skier. Il était cancérologue, sa mère psychanalyste, mais pour eux il y avait autant de gloire à être basketteur comme Tony Parker ou pilote de Formule 1 comme Fernando Alonso.

La tête de Jonas est pleine à craquer de souvenirs de promenades en montagne, de descentes à ski, mais aussi de moments paisibles à regarder des livres avec sa mère, à écouter des musiques dansantes ou tristes...

Ce qui lui manque le plus, ce sont leurs regards. Quand il venait montrer à sa mère ses dessins ou ses poèmes, ses yeux se remplissaient de fierté. Son père était plus retenu, comme s'il avait peur que son admiration monte à la tête de Jonas. Alors il lui proposait d'autres défis, c'est lui qui l'a initié au basket et aux échecs. Jonas commençait à le battre lorsque l'accident est arrivé.

Après, il est resté quelques mois chez ses grands-parents, mais ils étaient trop vieux pour s'occuper de lui.

Finalement c'est Joséphine, la sœur de sa mère, qui a décidé de l'accueillir. Elle avait deux filles de douze ans et six ans, elle pensait que Jonas serait heureux de se trouver avec d'autres enfants.

Maître Dujardin, le notaire de sa famille, lui verse chaque mois une pension avec l'argent laissé par ses parents. Joséphine n'est pas riche, son mari l'a quittée et son métier d'esthéticienne ne rapporte pas lourd. Mais elle a le cœur aimant, Jonas l'a senti tout de suite.

Elle craignait de ne pouvoir offrir à Jonas autant que Lise et Étienne. Elle ne voulait d'ailleurs pas qu'il entre au collège Mermoz.

– Tu parles anglais couramment. Tu devrais aller au lycée international, il est excellent et il n'est pas loin de la maison. Je suis sûre que c'est ce que Lise aurait voulu.

Quand ses parents étaient venus le chercher au Refuge, Jonas se débrouillait aussi bien en anglais qu'en français. Pour conserver cet avantage, ils avaient continué à s'adresser à lui en anglais la moitié du temps.

– J'aimerais mieux pas.

Jonas n'avait pas envie d'afficher sa différence à peine arrivé dans cette nouvelle famille. Et puis Noémie allait à Mermoz. Mais, ironie du sort, ce sont les garçons du lycée international que son équipe aura comme adversaires pour la demi-finale du championnat départemental de basket. Et Jonas est bien décidé à prouver que leur banal collège est capable de battre les petits génies des beaux quartiers.

4

Sur le réseau crypté.

– Comment va Mike ? écrit Eva.

– Pas de problème, il n'a aucune séquelle de son agression. Rien à craindre, assure Amalia.

– Et le match ? demande Norman.

– Le relais n'a pas réussi à le faire annuler. Il aura lieu dans trois jours.

– Cette rencontre intervient trop tôt dans leur vie, tape Norman. Ils vont découvrir que leur histoire n'est pas le fruit du hasard, que des gens dont ils ignorent tout dirigent leur existence. Ils vont être perturbés.

– Nous verrons alors si nous les avons faits assez solides pour accepter cette vérité, intervient Klaus.

– Ils ne pourront l'accepter que lorsqu'ils en comprendront le but. Leur formation dans ce domaine est à peine ébauchée.

– Ça risquerait même de les en détourner, insiste Rachel. Mike commence à se sentir concerné par ce qui se passe dans le monde. S'il rencontre Jonas, il va se focaliser sur leur passé. Quant à Jonas, il émerge seulement du traumatisme de la mort de ses parents. Je suis d'accord avec Norman. C'est trop tôt.

– Nous avons trop misé sur eux pour prendre des risques, confirme Nimal.

– Tu t'inclines, Klaus ? demande Norman.

– Vous avez peut-être raison. Je m'incline.

– Puisque tout le monde est d'accord, Amalia demandera aux relais de rendre l'un des garçons indisponible le jour du match, écrit Norman.

5

Jonas est satisfait. Son équipe est au top et son amour-propre piqué au vif.

– Regardez ça ce soir avant de dormir, dit-il en distribuant des DVD.

Il a mangé en un quart d'heure pour avoir le temps de les retrouver après la cantine. Il n'a même pas fait attention à ce qu'il avalait. Vu les protestations de son estomac, ça ne devait pas être terrible.

– Ce sont les dernières parties de la NBA. Y a des leçons à prendre.

Mathieu, leur entraîneur, les lui a apportées ce matin à son arrivée au collège.

– T'en fais pas mec, on va les aplatir, a juré Francis Jeaume, la vedette de l'équipe, en crachant par terre.

Ses partenaires de basket sont ses meilleurs copains, avec Max. Quand il joue, Jonas oublie qu'il n'est pas comme tout le monde, qu'il n'a pas de parents et il se sent moins seul. C'est Joséphine qui lui a suggéré de s'inscrire à l'AS du collège.

– C'est une maison de femmes ici, tu vas t'ennuyer, tu devrais faire du sport avec des garçons de ton âge, lui a-t-elle lancé un dimanche où les filles traînaient encore en pyjama à midi. Tu as joué au basket avec ton père, non ?

Joséphine, qui ne fait pas toujours les bons choix pour elle-même, ne manque pas de flair pour les autres.

La semaine suivante Jonas s'est présenté à l'entraînement de basket. Mathieu Le Garrec, l'entraîneur, lui a paru sympathique.

– Tu as un peu de pratique ? lui a-t-il demandé.

– Je jouais il y a deux ans avec mon père. Il est mort, a ajouté Jonas, depuis je n'ai pas recommencé.

Mathieu n'a posé aucune question, ce que Jonas a apprécié.

– Tu es grand pour ton âge, a-t-il constaté.

– Mais pas très costaud. J'ai du mal à scorer en dehors de la raquette.

– Modeste, en plus, a souri Mathieu. Tu cours vite ?

– Assez.

Jonas a passé les premières séances à repérer les qualités des autres joueurs. L'équipe était dominée par Francis Jeaume, le plus grand, le plus baraqué, le plus susceptible. Excellent au rebond, mais jouant trop perso. Stéphane, le Guadeloupéen, pouvait dribbler comme un fou à travers les rangs adverses. Konan était capable de marquer un panier à six mètres, Khaled était passé maître dans l'art de pousser l'adversaire à la faute. Denis était un excellent défenseur, Saïd pouvait se faufiler entre les joueurs adverses sans que personne ne l'arrête. Il y avait de quoi constituer une équipe de champions si Francis laissait les autres tenir leur rôle.

La première année, Jonas a lentement contourné Francis. Pour qu'il ne se vexe pas, ce qui aurait paralysé l'équipe, il fallait lui conserver son rang de vedette. Jonas le félicitait à chacun de ses exploits, mais il s'arrangeait pour qu'un autre reprenne aussitôt le jeu. Lui restait en arrière, il veillait à ce que la balle aille à celui qui était le mieux placé.

– C'était pour moi, gueulait Francis vexé.

– T'étais trop loin, assurait Jonas de la voix tranquille qu'il fait remonter du fond de son corps quand il a absolument besoin de convaincre.

Francis prenait l'air surpris et se remettait à courir.

Quand Mathieu a proposé de le nommer capitaine, Jonas a eu peur de la réaction de Francis, mais tout le monde a applaudi, lui le premier. Depuis, il a décidé de conduire Mermoz à la tête du championnat départemental. L'année dernière ils n'étaient pas prêts, seulement cette année ils sont bien partis. Le gros obstacle, c'est cette équipe du lycée international.

C'est pourquoi Mathieu, leur entraîneur, s'est débrouillé pour avoir le gymnase et leur a proposé un entraînement supplémentaire samedi.

– Faut pas croire que vous les battrez facilement, les a-t-il prévenus. Leur meneur, Mike Warehime, un Américain, a une bonne vision du jeu et c'est un excellent dribbleur.

– Jonas aussi, ont protesté les autres.

– D'accord, mais ils ont deux rebondeurs drôlement costauds, Julius Anderson, un Danois, et Juan Lopez, un Espagnol.

– C'est quoi, cette équipe ? Les Nations unies ? a demandé Konan en rigolant.

– Les élèves du lycée international viennent du monde entier.

– Ça fait pas une équipe, on va les enfoncer c'est sûr, a claironné Khaled.

– Ils ont déjà battu ceux de Louis-Lumière et de Jeanne-d'Albret.

– Des intellos, ça ne compte pas. Nous, on est des sportifs.

– Méfiez-vous aussi du Japonais, il joue ailier fort, mais il se glisse partout. Et n'oubliez pas que le match se passe chez eux, ils connaissent la salle et ils auront plus de supporters que nous.

– On s'en fout, on va les niquer, a crié Francis en faisant un bras d'honneur.

– L'idée, c'est de les déstabiliser tout de suite, explique Jonas. On marque le plus vite possible, le plus possible. Francis, on compte sur toi.

– Pas de problème, mec.

– À la fin du premier quart-temps, faut qu'on ait dix points d'avance. À la pause, on analyse ce qui s'est passé et on décide pour la suite, j'espère qu'on saura lire leur jeu.

La séance d'entraînement a été éblouissante. Le DVD que Jonas leur a remis devrait maintenir la pression.

– Vous jouez où mercredi ? demande Sophie en le rejoignant à la sortie du collège.

Depuis qu'il a remis Alex à sa place, Jonas a l'impression qu'elle lui prête plus d'attention. « T'emballe pas, se modère-t-il, ça ne veut rien dire. »

Mais son cœur bat plus vite chaque fois qu'elle s'approche de lui.

– Au lycée international.

– Vous aurez besoin de supporters.

Si elle assiste à la partie, Jonas n'est pas sûr d'être assez concentré.

– J'ai pas envie que tu me voies perdre.

Elle rit.

– Alors tu me raconteras ? dit-elle en posant la main sur son bras.

Ses cheveux soulevés par le vent chatouillent la joue de Jonas.

– Si tu veux.

Il n'en est pas certain toutefois on dirait qu'elle attend quelque chose. Qu'il se penche vers elle peut-être ? Jonas vacille sur ses rollers, il y a trop de monde autour d'eux.

– À demain, dit Sophie.

Je suis le roi des cons, pense Jonas. Seulement le sourire que Sophie lui adresse en s'éloignant lui assure le contraire.

À la maison, on le bichonne. Noémie lui saute au cou en lui glissant à l'oreille :

– J'ai pas parlé à Sébastien de la journée, ce soir il avait l'air trop triste.

Clara lui a acheté des nounours au cassis, ses préférés.

– Indécelables au contrôle dopage, affirme-t-elle en lui en fourrant un dans la bouche.

Joséphine lui a trouvé des chaussettes épaisses, douces et élastiques :

– Pour te donner des ressorts aux pieds.

Pour la première fois depuis longtemps, Jonas est content de lui. Il s'endort tranquille.

Il se réveille au milieu de la nuit, en sueur, avec une envie de vomir irrépressible. Il n'a que le temps de se traîner aux toilettes pour restituer son dîner. Il revient flageolant jusqu'à son lit, la nausée fait place à un mal de ventre sourd qui l'empêche de se rendormir. Une demi-heure plus tard, ça recommence. Jonas grelotte, il se pelotonne sous la couette, somnole vaguement, mais vers cinq heures du matin la nausée reprend de plus belle. Cette fois Joséphine l'entend.

– Qu’est-ce qui t’arrive ?
– Sais pas, mal au ventre.
Elle pose les lèvres sur son front, comme sa mère autrefois. Souvent Joséphine a les mêmes gestes que sa mère, chaque fois il a la gorge qui se noue.
– Tu as un peu de fièvre. J’ai des antispasmodiques, seulement je ne suis pas sûre que tu les gardes.
Effectivement, les cachets ne restent qu’un quart d’heure dans son estomac.
– On dirait que tu as une gastro.
– C’est grave ?
– Pas très, mais ça fatigue.
– Je serai guéri pour le match ?
Joséphine n’a pas l’air optimiste.
– Il faut que je joue, supplie Jonas.
– Il vaudrait mieux te reposer.
– Sans moi, ils ne gagneront pas ! Trouve un truc, n’importe quoi, qui me remette sur pied.
– Je vais appeler le docteur Brun.
Jamais Joséphine n’a été autant persuasive, à croire qu’elle aussi sait utiliser cette voix qui vient du ventre et qui emporte les décisions. Le docteur Brun arrive cinq minutes après son appel.
– Qu’est-ce que tu as mangé à la cantine ? demande-t-il après avoir examiné Jonas.

– J'sais plus, de la viande, de la purée, je crois… Ce n'était pas frais ?

– C'est possible, on croirait une intoxication alimentaire. Ce match, c'est quand ?

– Demain après-midi. S'il me faut trente piqûres pour être en forme, je prends.

– On va commencer par une, dit le médecin en sortant une ampoule et une seringue de sa sacoche. Plus un désinfectant dès que tu ne vomiras plus. Si à quatorze heures tu ne vas pas mieux, tu m'appelles.

Joséphine court à la pharmacie chercher le désinfectant, Clara croise les doigts et prononce des formules cabalistiques, Noémie lui prépare une thermos de tisane avant de partir au lycée. Si l'amour peut guérir une gastro, ce soir il sera rétabli.

Vers midi, effet de l'amour ou des remèdes du docteur Brun, le ventre de Jonas se décrispe. Il boit quelques gorgées de la tisane de Noémie, comme s'il s'agissait d'une potion magique. À quatorze heures, il s'endort.

À dix-huit heures, bien plus tôt que d'ordinaire, Joséphine est au pied de son lit.

– Ça va mieux, je trouve, dit-elle soulagée.

Elle lui passe tendrement une main dans les cheveux, comme sa mère lorsqu'elle était contente de lui. Jonas pose un pied par terre, puis l'autre. Les murs de sa chambre vacillent, se stabilisent.

– Tu crois que tu pourras manger quelque chose ?

– Peut-être.

Clara et Noémie se précipitent vers le frigidaire.

– Un œuf, du jambon…

– Une biscotte pour commencer.

Si son estomac ne se révulse plus, s'il dort cette nuit, demain il jouera.

6

Quand Jonas arrive devant le gymnase du collège, l'équipe est déjà là au complet, avec une vingtaine de supporters. Max est là, mais pas Sophie heureusement.

Tous les regards sont fixés sur lui. Mathieu, qui a appelé chacun hier soir pour répéter qu'il fallait se coucher tôt, a dû dire que Jonas était malade.

– Ça va mec ? demande Konan en évitant de lui balancer sa claque habituelle dans le dos.

– C'est bon, c'est fini. Pas de souci.

Les sourires refleurissent d'un coup, les dos crispés se relâchent, des mains se posent sur ses épaules.

Une grosse bouffée d'amitié lui remplit le cœur, exactement ce qu'il fallait pour le regonfler. Il grimpe dans le car en scandant avec eux « On va gagner ! »

Le lycée international n'est pas très loin du collège, six kilomètres environ, mais du côté chic de la nationale. Aucun d'entre eux n'y a jamais mis les pieds.

– C'est pas un lycée, c'est un château ! s'exclame Saïd lorsque le car s'arrête devant une haute grille de fer forgé.

C'est bien un château, entouré d'un vaste parc planté de grands arbres, où ont été construits une école primaire, un collège et un lycée. Dans le château lui-même sont installés les services administratifs et des salles de réception. Un ensemble impressionnant d'acier et de verre abrite la cantine, une cafétéria et le CDI.

– La vache ! s'émerveille Stéphane. C'est classe ici.

Leur collège de béton, avec sa cour goudronnée et son gymnase à la peinture écaillée, semble minable à côté de cette splendeur.

– Gosses de riches, crache Francis. Des lopettes.

– On les aura, gronde Denis en redressant les épaules.

N'empêche qu'ils restent silencieux en marchant sur les allées ratissées qui serpentent entre les pelouses et les massifs de fleurs.

Jonas comprend pourquoi Joséphine voulait l'envoyer là, et il se félicite d'avoir refusé. Il n'aurait pas supporté de jouir de cet endroit privilégié alors que Noémie, puis Clara, iraient à Mermoz.

Le gymnase a deux vestiaires, des douches et des toilettes super clean. L'autre équipe n'est pas encore arrivée. Mathieu les conduit dans l'un des vestiaires.

– En tenue, vite, on va s'échauffer, ordonne-t-il.

Le gymnase est immense, lumineux et bardé de matériel.

– En piste, on court, puis on dribble, poursuit Mathieu qui les sent impressionnés.

Et il prend la tête du groupe pour donner le rythme.

– On respire, un, deux, trois, quatre, pliez, on respire…

Mathieu est un entraîneur psychologue. En dix minutes, l'équipe de Mermoz a retrouvé son assurance. Quand les autres arrivent, en même temps que les deux arbitres, le gymnase résonne de blagues et de rires. Ils s'arrêtent un peu étonnés à l'entrée, ils ne s'attendaient peut-être pas à trouver leurs adversaires aussi à l'aise. Jonas sourit, c'est bon pour eux, ça.

Mathieu avait raison, cette équipe est de toutes les couleurs. Il s'agit maintenant de repérer qui est qui. Mike Warehime, le meneur, est sans doute un des grands blonds. Il y en a quatre, dont un qui roule des mécaniques. Les autres l'appellent Julius, le rebondeur danois. Jonas repère le Japonais et un brun large d'épaules, qui tape dans la main de Julius, c'est le rebondeur espagnol probablement. Eux aussi sont venus à dix, pour avoir le maximum de remplaçants. Dans le groupe il y a un Noir et un métis, grand et mince, qui porte des tresses dans le genre de celles dont Jonas rêve. Il marche tête baissée, comme s'il était plongé dans ses pensées.

Les joueurs du lycée international disparaissent dans les vestiaires pour se changer, puis reviennent tranquillement s'échauffer sans cesser d'observer leurs adversaires.

– C'est qui Warehime ? demande Jonas.

– Je ne le connais pas, avoue Mathieu. Mais on va vite le repérer.

L'équipe de Jonas continue à courir et à dribbler, les yeux rivés sur les gosses de riches qui ont retrouvé l'assurance de ceux qui jouent chez eux. À l'entrée de leurs supporters, ils commencent même à être plus bruyants que ceux de Mermoz.

– C'est l'heure, annonce le chronométreur en prenant place à la table de marque.

Pour le premier quart-temps, Jonas et Mathieu ont décidé de foncer et d'envoyer les meilleurs : Francis, Stéphane, Konan, Saïd et Jonas. Le problème c'est qu'ils risquent de se fatiguer. Il faudra faire un roulement intelligent.

En face, les autres placent l'Espagnol, deux grands blonds, le Noir et le métis à petites nattes. Jonas se concentre sur les blonds, l'un des deux prend la position de pivot, comme lui.

Ça doit être Mike Warehime.

Pour le démarrage, Jonas envoie Konan à l'entre-deux. Le ballon est lancé, Konan se détend comme un guépard, la balle est à eux. En quelques secondes, ils se déchaînent : balle à Saïd, dribble, passe à Stéphane, décale Francis à l'arrière, panier, trois points. Les autres n'ont pas eu le temps de respirer. Jonas n'a pas eu non plus le temps de les observer, il était trop concentré sur son équipe.

Balle aux autres, passe, passe, le type aux nattes dribble comme un fou, transmet à un grand blond qui perd le ballon, intercepté par Francis, qui contre-attaque et subit une faute sur son lay-up. Lancer franc pour Mermoz.

Francis marque un point. Retour de la balle chez les adversaires, cette fois ils ont les crocs, le Noir dribble, Stéphane le marque d'un côté, Konan de l'autre, il passe à l'Espagnol qui marque dans la raquette. Deux points pour eux.

– Pas de quartier, gronde Jonas en courant devant chaque membre de l'équipe, maintenant on les tue !

Dans une sarabande frénétique, pendant les quatre minutes qui leur restent avant la fin du quart-temps, ils marquent encore huit points, les autres trois. 12 à 5. C'est moins que ce que Jonas voulait, toutefois c'est bien.

L'équipe adverse se regroupe pour discuter. Ils n'ont pas l'air contents.

– Pas si terribles, les internationaux, rigole Konan.

– Ils ont joué la découverte. Cher pour eux, mais instructif. Désormais ils vont foncer.

– Ils changent de rôle tout le temps, j'ai pas compris qui est le meneur.

– C'était voulu. Ils ont joué masqués. C'est maintenant qu'on va voir.

Jonas se demande s'il a eu raison d'épuiser son cinq majeur en premier, car, comme il le craignait, les autres se déchaînent.

Cette fois ils ont leurs deux marqueurs sur le terrain et le Japonais. Le blond est un super passeur, mais le meneur c'est le type aux petites nattes. Jonas l'entend donner des consignes à voix basse, en grondant sourdement comme lui tout à l'heure. C'est bizarre, Jonas a l'impression de l'avoir déjà vu…

Pas le temps d'y réfléchir, les autres viennent de marquer six points. Jonas se glisse entre le Noir et Francis. Les autres ont compris, ils ne lâchent plus Francis, Jonas passe à Stéphane, jeu en rotation, panier. Balle aux autres, ils foncent, mais Jonas sent le Japonais peu sûr de lui.

– On le pousse à la faute, souffle-t-il à Khaled.

Harcelé par Khaled et Stéphane, le Japonais fait trois pas en arrière la balle en main. L'arbitre siffle le marcher et sur la remise en jeu, Stéphane marque à mi-distance. Les autres enragent, ils les contournent, passent à Julius, mais Francis saute en même temps que le Danois qui loupe le panier.

« Fuck him ! » pense tellement fort le type aux nattes devant Jonas qu'il l'entend.

Il éclate de rire, l'autre lève la tête et le regarde furieux.

Ce visage, bien sûr que Jonas le connaît, c'est le sien ! Et ce corps si long, si mince ! Le garçon qu'il voit devant lui est un autre lui-même, les mêmes yeux, la même bouche un peu grande… son sosie. Et il semble aussi ahuri que lui.

– Bordel, Mike, tu rêves ! crie un de ses équipiers.

C'est lui Mike Warehime, le meneur de l'équipe adverse. Le garçon aux nattes secoue la tête comme on chasse un rêve et repart dans le jeu, tête la première. Jonas ne le quitte pas des yeux. Même manière de courir que lui, le buste en avant, et de s'adresser aux membres de son équipe pour les galvaniser.

Jonas est tellement éberlué qu'il perd le fil du jeu, les autres en profitent, Mike Warehime est moins déstabilisé que lui. À la fin du deuxième quart-temps, le lycée international a égalisé : 22-22.

– Qu'est-ce qui t'a pris, c'est pas le moment de rêver ! grogne Mathieu, quand Jonas le rejoint sur le banc qu'ils se sont approprié.

– C'est bizarre, le type aux nattes, t'as remarqué comme il me ressemble ?

– Maintenant que tu le dis, c'est vrai. Dans la mêlée, j'avais pas fait attention. Comment tu te sens ?

– Ça ira.

Ce n'est pas tout à fait vrai. Ses jambes tremblent un peu et la découverte qu'il vient de faire l'empêche de se concentrer.

– Vaut peut-être mieux que je récupère pendant ce quart-temps. Stéphane me remplacera. Je jouerai le dernier quart.

Mike Warehime ne cesse de regarder Jonas depuis le banc de son équipe. Mais lui repart sur le terrain, et cette fois, il ne laisse aucune chance à Mermoz. 30 pour eux, 28 pour Mermoz. Il faut que Jonas remonte le score dans l'ultime quart-temps, il veut montrer à ce Warehime, sosie ou pas, à qui il a affaire. Malgré tous ses efforts et ceux de son équipe, ils perdent, 40 à 43. Les supporters du lycée international hurlent de joie en tapant sur les bancs.

Tête baissée, Jonas ramasse sa serviette.

– Pour un type malade, t'as drôlement bien joué, dit Francis.

– Ils sont bons, faut reconnaître, soupire Saïd, mais t'aurais été en forme, on les aurait eus.

– On demande la revanche ?

Jonas essaie de sourire.

En face, Mike Warehime tente de calmer la joie bruyante de ses coéquipiers, tout en l'observant.

Jonas ne peut pas partir d'ici sans en savoir plus sur ce type, mais Warehime est plus rapide que lui. Il traverse le gymnase et vient droit vers lui.

– C'est bien toi Jonas Rivière ? demande-t-il avec un accent américain.

– Oui. Tu es Mike Warehime ?

– On se ressemble beaucoup, tu ne trouves pas ?

– J'ai toujours eu envie de porter des tresses comme toi.

– On est capitaines tous les deux…

– Et on joue de la même façon.

– Si je me coupe les cheveux et que je porte tes vêtements, je pourrais passer pour toi. C'est marrant, constate Mike. Montre tes mains.

Même longueur, même forme. Jonas entend Mike penser comme lui : « Il est né quand, ce type ? »

– C'est quoi ta date de naissance ? questionne Jonas.

– 6 octobre 1995.

– Moi aussi. T'es né où ?

– En Afrique, en Sierra Leone.

– Mais… Ça alors, je croyais que tu étais américain !

– Je suis devenu américain quand j'ai été adopté.

– Moi aussi j'ai été adopté !

C'est étrange cette joie qui les envahit, plus forte que la stupéfaction.

– Faudrait aller te changer, Jonas, rappelle Mathieu, le car nous attend.

– Une minute, dit Mike.

Il fouille dans son sac de sport, en ressort un stylo.

– Donne ton bras.

Il y écrit son numéro de téléphone, puis il lui tend le stylo et son bras.

– Inscris-moi le tien. Faut qu'on parle.

Avant de disparaître dans les vestiaires, Mike adresse à Jonas un petit salut de la main qui veut dire : à bientôt.

– Alors, t'as trouvé ton sosie ? rigolent les autres.

– Peut-être.

– C'est pour ça qu'ils nous ont battus, ce type est aussi bon que toi, mais lui n'a pas été malade, conclut Konan.

Jonas ne pense plus au match. Il se sent bizarre, comme s'il venait d'ouvrir une porte dont on lui avait caché la clef. Qui est ce garçon qui lui ressemble tant, qui est né le même jour que lui, en Afrique comme lui, mais dans un autre État ? Car Jonas est né au Rwanda, d'après ce que sa mère lui a raconté. Il n'a jamais vérifié, il serait peut-être temps.

7

– Alors, ce match ? demandent Clara et Noémie en chœur, dès que Jonas pousse la porte de l'appartement.

– Perdu.

– Oh merde !

– T'as encore vomi ?

– Non, seulement j'étais pas aussi résistant que d'habitude.

– Tu les auras la prochaine fois, assure Clara.

Joséphine doit savoir pas mal de choses sur l'adoption de Jonas et peut-être sur sa naissance, mais elle ne rentrera pas avant dix-neuf heures. Jonas n'attendra pas jusque-là. Il va commencer à chercher tout seul.

Joséphine a rangé les papiers de Jonas dans une chemise sur une étagère de la bibliothèque. Jusqu'ici, Jonas n'a jamais eu envie de l'ouvrir.

D'ailleurs il n'y a presque rien à l'intérieur. Deux documents venant du Rwanda. Le premier confirme que l'enfant trouvé le 6 octobre 1995 dans la paroisse de Kiziguro par Françoise Lejeune a été abandonné. Il est signé du bourgmestre de Murambi. Le second, écrit sur un papier à en-tête du ministère de l'Intérieur et du Développement communal du Rwanda, autorise la même Françoise Lejeune à sortir l'enfant du territoire le 12 octobre 1995, six jours plus tard.

Est-ce que Kiziguro serait localisé sur la carte de ce pays ? Il y est, un petit point sur l'atlas à l'est de Kigali.

En fait, le 6 octobre n'est pas le jour de sa naissance, mais celui où on l'a recueilli. Cette Françoise Lejeune était partie là-bas pour essayer de sauver des enfants du massacre, lui a raconté Lise, sa mère adoptive, car à cette époque la guerre civile faisait rage, les Hutus massacraient les Tutsis. Jonas a toujours pensé qu'un de ses parents était tutsi, ils sont grands et minces avec de longues jambes comme lui. Il a dû avoir un début de vie horrible. Sans Françoise Lejeune, il n'aurait peut-être pas survécu. Curieusement, il n'y a aucun papier du Refuge, pourtant Jonas y a vécu trois ans.

Par contre, il y a un document du tribunal de grande instance de Montpellier, autorisant Lise et Étienne Rivière à l'adopter le 10 décembre 1998.

Tout cela est retranscrit sur un livret de famille qui indique la date du mariage de ses parents, la date à laquelle Jonas a été trouvé à Kiziguro, et leur mort, ensemble, le 2 mai 2006. Puis un papier, signé d'un juge de Versailles, confiant la garde de Jonas à Joséphine. Toute sa vie en cinq documents. C'est maigre. Si Lise et Étienne ne l'avaient pas adopté, quelle identité aurait-il aujourd'hui ?

Depuis son arrivée au Planais, Jonas n'a pas ouvert non plus la boîte dans laquelle Joséphine a rangé les photos de Montpellier et les lettres de ses parents. Il y a aussi des objets et des livres que Joséphine a rapportés de Montpellier et placés dans la chambre de Jonas et tous ceux qui l'attendent dans un garde-meuble. Ses sept ans de vie avec Lise et Étienne ont été richement remplis, aujourd'hui ils semblent une oasis sur une route pleine de mystères.

Jonas attend que le dîner soit terminé pour se risquer à interroger Joséphine.

– Je viens de regarder mes papiers, il n'y en a aucun du Refuge. Tu sais comment mes parents m'ont trouvé là ?

– C'est Le Refuge qui les a contactés. Ils essayaient en vain d'avoir un enfant depuis cinq ans et s'étaient décidés à en adopter un. Ils avaient à peine déposé une demande d'adoption qu'ils ont reçu un courrier de cette association, leur proposant un petit garçon. Et de grandes facilités pour obtenir l'accord d'adoption. Lise n'en revenait pas de leur chance mais elle était inquiète. « Il a déjà trois ans, me disait-elle, il est peut-être un peu grand pour un tel changement. J'espère qu'il s'adaptera à nous. »

– C'est l'orphelinat qui m'a choisi pour eux ?

– Lise s'en est étonnée, mais elle a vite été rassurée par les exigences du Refuge. Il fallait qu'Étienne et elle viennent passer trois semaines en Suisse, à Verbier, pour que tu aies le temps de t'attacher à eux. Il n'était pas question de t'arracher du jour au lendemain au milieu dans lequel tu vivais. Elle m'a raconté, après, que c'était bien autre chose qu'un orphelinat. Plutôt une sorte de grande famille, où les enfants étaient entourés et choyés par une équipe dont les membres étaient plus gentils et attentifs les uns que les autres. Étienne et elle t'ont adoré dès qu'ils t'ont vu. Un mois après je faisais ta connaissance, tu étais exactement comme Lise t'avait décrit : un rêve de petit garçon.

Jonas se mord les lèvres et détourne la tête.

– Et sur ma vie au Rwanda, mes parents avaient appris des choses ? parvient-il à articuler.

– Je ne crois pas qu'ils aient rencontré cette femme, Françoise Lejeune, qui t'a recueilli. Elle ne travaillait plus pour Le Refuge quand ils y sont allés. Tout ce qu'ils savaient c'est que tu étais un nourrisson de quelques jours quand elle t'a trouvé devant le porche d'une mission qui venait de fermer à cause de la guerre.

Et ce Mike, né en Sierra Leone, il a été trouvé comment ? Jonas meurt d'envie de l'appeler, mais il est un peu tard pour déranger quelqu'un qu'on connaît à peine. Il attendra demain.

Pour calmer son impatience, il se connecte à Internet et cherche des informations sur la Sierra Leone. En 1995, la situation y était aussi dramatique qu'au Rwanda. Dix minutes plus tard Mike l'appelle.

– Je ne te dérange pas ?

– Pas du tout. En fait, j'avais envie de te téléphoner mais je n'osais pas.

– Tu aurais dû. Ça va, t'as pas trop de regrets pour le match ?

– La prochaine fois, je te le promets, je te battrai.

– Faudra te donner du mal, on a gagné le championnat l'année dernière. Mais je t'ai observé, t'es vraiment bon.

– Comme toi. On a beaucoup de choses en commun décidément. Sauf qu'on n'est pas nés au même endroit. Quelqu'un m'a récupéré au Rwanda en pleine guerre et m'a conduit dans un orphelinat. J'ai été adopté plus tard. Et toi Mike, ce sont tes parents américains qui sont venus te chercher en Sierra Leone ?

– Non, c'est un homme qui travaillait pour une association suisse.

– Le Refuge à Verbier ?

– Tu connais ?

– C'est ces gens aussi qui m'ont recueilli.

– C'est pas vrai ! Tu étais bébé ?

– Oui et je suis resté au Refuge jusqu'à trois ans.

– Moi aussi.

Cette fois, ça ne peut pas être une coïncidence. Et l'adoption s'est passée de la même manière, les parents de Mike venaient de faire une demande quand ils ont été contactés par Le Refuge, ils ont vécu trois semaines à Verbier pour que Mike fasse leur connaissance.

– Il paraît qu'il y avait d'autres enfants dans cet orphelinat et qu'ils étaient très heureux, ajoute Mike.

– C'est ce qu'a dit ma mère. Tu as des souvenirs de cet endroit ?

– Des images ou des impressions. Un feu dans une cheminée, à côté je faisais un puzzle, quelqu'un m'aidait, une femme. Et puis une glissade en luge sur la neige, il y avait plein de soleil, mes mains étaient glacées, j'avais perdu mes gants.

– Des moufles rouges qui ne tenaient pas bien !

– Rouges, c'est ça, je les vois maintenant. Toi aussi, tu as des souvenirs ?

– J'en ai un, mais je ne suis pas sûr que ce soit au Refuge. Je marchais dans un pré en pente à la recherche de fleurs d'un bleu extraordinaire. Par contre je me rappelle une chaise en bois sur laquelle j'étais assis pour manger une bouillie que je n'aimais pas.

– Est-ce que tu te souviens de moi ? demande Mike.

Jonas sait qu'il y avait d'autres enfants autour de lui, mais il n'en revoit aucun en particulier.

– Pas vraiment, je ne me rappelle pas les visages. Et toi ?

– Moi non plus. J'ai juste le souvenir d'un groupe. Tu venais vraiment du Rwanda ?

– C'est écrit sur les documents que Le Refuge a donnés à mes parents. J'ai aussi le nom de la personne qui m'a recueilli : Françoise Lejeune. Ma date de naissance, je ne la connais pas, le 6 octobre c'est la date où on m'a trouvé.

– Pareil pour moi. C'est quand même étrange qu'on se ressemble autant et qu'on nous ait découverts le même jour dans des pays si éloignés.

– S'il n'y avait pas six mille kilomètres entre la Sierra Leone et le Rwanda, dit prudemment Jonas, j'aurais presque cru…

– Que nous sommes jumeaux.

C'est Mike qui l'a formulé, Jonas n'y arrivait pas.

– Il y a un moyen de vérifier.

– Les empreintes digitales ! Tu sors à quelle heure demain ?

– Seize heures.

– On se retrouve devant la gare du RER, au terminus des bus à seize heures trente.

Un frère jumeau ! Jonas ose à peine imaginer ce que cela signifierait.

D'abord qu'il n'est pas aussi seul qu'il le pensait, qu'il a un frère, bâti avec les mêmes chromosomes que lui, les mêmes capacités peut-être. « Calmos, se dit Jonas, pour le moment ce n'est qu'une hypothèse. » Mais quelque chose, au fond de lui, lui souffle que c'est une certitude.

8

Mike vient à peine de raccrocher que son père entre dans la cuisine. Le programme de télé doit l'ennuyer.

– Tu n'as plus qu'un match pour finir le championnat ? lance-t-il en décapsulant une bière et en s'installant sur un tabouret.

– Contre un collège de Mantes, moins fort que celui du Planais. Ça devrait aller. Figure-toi...

Il hésite un moment, puis continue.

– ... Figure-toi que le capitaine de l'équipe du Planais est mon sosie. Même taille, même visage...

– Ça alors !

Son père est amusé, sans plus.

– C'est bien en Sierra Leone que je suis né ? demande Mike.

Cette fois son père lève un sourcil étonné.

– Oui, c'est là que tu as été recueilli. Pourquoi ? Ce garçon vient de Sierra Leone ?

– Non, du Rwanda.

– Vous vous faites des confidences ? questionne sa mère en poussant la porte.

– Mike a rencontré un garçon qui lui ressemble comme un frère, annonce son père.

Mike capte un éclair de panique dans les yeux de sa mère, il entend défiler dans sa tête à toute vitesse les mots « frère », « mère »...

– Il vient de Sierra Leone ?

– Du Rwanda, la rassure son père.

Mike comprend qu'elle a eu brusquement peur qu'il retrouve sa mère biologique et qu'il la quitte, elle.

– Il a été abandonné lui aussi et recueilli par Le Refuge, à Verbier comme moi. C'est étrange, non ?

Cette fois, ce sont ses deux parents qui sont inquiets.

– Ces gens du Refuge auraient pu vous mentir sur mon lieu de naissance ? ose Mike.

– Ils avaient l'air extrêmement sérieux, dit sa mère. C'était même très rassurant de te voir dans cet endroit.

– C'était comment ?

– Un orphelinat de luxe, explique son père, il y avait au moins deux adultes par enfant, des jeux partout, les petits semblaient vraiment heureux.

– Vous êtes restés au Refuge avec moi ?

– On venait te chercher et on t'emmenait dans un chalet voisin que Le Refuge nous avait prêté, et dès qu'il faisait beau, on allait se promener.

– Vous n'avez pas remarqué un enfant qui me ressemblait beaucoup ?

Sa mère réfléchit un moment.

– Je ne pense pas, ça m'aurait frappé. Mais nous n'avons pas forcément vu tous les enfants.

– Vous vous souvenez des gens qui s'occupaient de nous ?

– Nous étions reçus par le docteur Lehman, le directeur. Il nous a longuement parlé de toi, de tes qualités, de tes goûts, de ton caractère, du fait que tu t'exprimais en anglais et en espagnol. Il te connaissait très bien.

– Et les autres adultes ?

– C'étaient des jeunes femmes, nous n'avons jamais beaucoup parlé avec elles.

Mike se fait l'effet d'un inquisiteur qui soulève des questions auxquelles ses parents ne souhaitent pas penser. Pourtant il veut savoir.

– Comment Le Refuge a-t-il appris que vous cherchiez un enfant ? insiste-t-il.

– En consultant les fichiers des demandes d'adoption. Ils nous ont écrit, nous ont envoyé une photo de toi et nous ont proposé de te rencontrer. C'est aussi simple que ça.

Pourtant Mike a entendu dire qu'aucune adoption n'est simple aux États-Unis, qu'il faut des mois pour avoir les autorisations et trouver un enfant.

– Et depuis, nous ne pouvons que nous réjouir de t'avoir, conclut son père. Mais peut-être as-tu des regrets ?

Habile boutade pour mettre fin à ses questions. C'est la première fois que ses parents n'encouragent pas sa curiosité.

– Un seul, dit Mike, que tu ne sois pas là pour mon match de finale.

– Désolé, soupire son père qui a retrouvé le sourire. Ce voyage à Washington est prévu depuis un moment et je ne peux pas le reporter, mais je n'en manquerai pas une seconde car Sarah va filmer la rencontre.

9

Sur le réseau crypté :

– Le relais a fait son travail. Jonas a attrapé une gastro-entérite, pourtant l'envie de jouer a été la plus forte, il est allé au match quand même, annonce Amalia.

– J'ai capté qu'ils étaient ensemble au gymnase, répond Norman. Ils se sont reconnus bien sûr ?

– Ils se doutent qu'ils sont jumeaux. Ils se demandent pourquoi ils ne sont pas nés au même endroit, ils ne tarderont pas à partir à la recherche du Refuge, répond Amalia.

– Jusqu'à présent leurs réactions à l'imprévu, au stress, au deuil même, ont toujours été celles que nous espérions, intervient Akiro. Il n'y a pas de raison que leurs qualités ne les servent pas aussi dans un moment comme celui-ci.

– Klaus aura son test, en tout cas.

– S'ils jouent plus tard les rôles que nous espérons, leur existence sera pavée de pièges et de mensonges, écrit Rachel. C'est l'occasion pour eux de commencer à s'aguerrir.

– Ou de nous haïr, ajoute Norman.

– Ce serait surprenant qu'à un moment ou un autre, ils ne nous haïssent pas, intervient Rachel. L'important est que leur ressentiment ne les écarte pas de leur mission.

– Si nous les sentons déraper, nous aviserons.

10

Ce matin Sophie est irrésistible en pantalon et bottes de cavalière, une écharpe soyeuse autour du cou, du même vert que ses yeux.

– Alors ce match ? demande-t-elle dès qu'elle aperçoit Jonas.

– Perdu, tu as bien fait de ne pas venir.

– Les autres étaient bons ?

– Très bons et j'étais mal fichu.

– C'est pour ça que tu n'es pas venu mardi ?

– Tu l'as remarqué ?

– Quand tu n'es pas là, l'ambiance change. Alex se croit tout permis. Et moi, je m'ennuie.

Ses yeux cernés d'une ombre brun-vert paraissent plus grands et plus profonds. C'est la première fois qu'elle vient maquillée au collège. Est-ce pour Jonas ?

– Tu as vu *Fast and Furious* ? continue Sophie.

– Pas encore.

– Il passe samedi prochain à Marly en VO. T'as envie d'y aller ?

Elle a dit ça comme si elle lui demandait de l'accompagner au CDI. Son regard annonce peut-être autre chose, mais pas pour tout de suite. Est-ce qu'elle veut se donner du temps pour réfléchir, ou s'amuser de le voir attendre une grande semaine ?

– Bien sûr, dit Jonas.

Elle sourit et elle s'éloigne. Jonas devine qu'elle n'a pas envie d'alimenter les ragots du collège. Toute la journée, l'esprit de Jonas est coupé en deux, une moitié tournée vers Sophie, l'autre vers le rendez-vous prochain avec Mike. Sophie, Mike… Jonas a encore du mal à réaliser ce qui lui arrive.

Quand il parvient en rollers devant la station du RER, Mike le regarde avec envie.

– Tu vas au collège avec ?

– Je gagne dix minutes sur le trajet, mais je suis obligé de les enlever en arrivant.

– À Cambridge je circulais pas mal en rollers. Ma mère trouve qu'ici les voitures vont trop vite, les trottoirs sont trop étroits… elle a peur. La tienne te laisse faire ?

– Ma mère est morte, en même temps que mon père dans un accident d'avion, il y a quatre ans. Je vis chez ma tante.

Mike est décontenancé.

– Ça… ça a dû être terrible.

– Oui. Ma tante est très gentille. J'ai deux cousines aussi.

Ils sont tellement semblables que Mike ne pouvait pas imaginer que leurs vies soient différentes. Il n'ose pas poser d'autres questions.

– J'ai apporté ça, enchaîne Jonas.

Il sort un tampon encreur de son sac.

– Ça ne sert à rien, soupire Mike. J'ai fait des recherches sur le Net, même les jumeaux homozygotes, les vrais, ont des empreintes digitales différentes.

L'espoir qui a porté Jonas depuis hier soir s'effondre d'un coup.

– Mais on peut comparer tout le reste, continue Mike.

Il entraîne Jonas vers les bancs du jardin du château, vides à cette heure-ci. Ils y seront tranquilles.

– Ta pointure ?

Identique, la couleur des yeux, exactement la même y compris les reflets vert sombre dans l'œil gauche, qu'on ne distingue que de très près. L'écartement entre les incisives de devant, les pieds carrés, osseux, le deuxième orteil plus long que le pouce… Mike est une copie conforme de Jonas ou le contraire.

– Et ça ? fait Mike en tirant sur son sweat.

À la hauteur des reins, dix centimètres au-dessus de la fesse gauche, il a deux grains de beauté, gros et duveteux. Ils ont la même taille et sont placés exactement au même endroit que ceux de Jonas.

– Ma mère me recommandait tout le temps de ne pas les gratter.

– La mienne veut me les faire enlever.

– On peut difficilement trouver des sosies plus semblables, dit prudemment Jonas.

– On n'est pas des sosies, Jonas, on est mieux que ça… on est des frères.

Mike pose une main sur l'épaule de Jonas, la même main brune et longue que lui. Son sourire est éclatant. Mon frère, pense Jonas, sans oser encore y croire.

– Tellement pareils, continue Mike, que tu te mords la lèvre comme moi lorsque tu ne sais pas comment réagir.

– Tu te rends compte de ce que ça signifie ? murmure enfin Jonas.

– Que nous avons le même père, la même mère…

– Mais qu'on nous l'a caché.

Depuis la mort de ses parents, Jonas, curieusement, n'a jamais songé à la mère qui l'a mis au monde. Avant, il lui arrivait souvent d'y penser. Est-elle morte dans les massacres ou vivante quelque part à se demander ce qu'est devenu le bébé qu'elle a déposé devant la porte de la mission ? Comment réagirait-elle si Jonas la rencontrait pour lui dire qu'il est son fils ? Il la voyait mince comme les femmes tutsis, le regardant venir vers elle. Heureuse ? Bouleversée ?

Jonas ne parvenait pas à l'imaginer indifférente. Il se disait qu'un jour il partirait à sa recherche. Et voilà qu'elle resurgit, avec ce frère qu'elle a porté en même temps que lui.

– Ce qui est bizarre, c'est qu'on ne nous ait pas trouvés au même endroit, reprend Mike. Puis que le même orphelinat nous ait recueillis.

– Pourquoi nous avoir ensuite séparés ? Envoyés dans des familles différentes et des pays différents…

– Logiquement, on n'aurait jamais dû se rencontrer. Mais, il y a quatre ans, le laboratoire de mon père s'est mis à travailler avec un labo français et un jour, les voyages et les échanges sur Internet ne leur ont plus suffi, il fallait qu'une des deux équipes se déplace. Alors nous avons déménagé.

– Si je suis ici, c'est un hasard. Si mes parents n'étaient pas morts, je serais resté à Montpellier.

– Et comme on est tous les deux des basketteurs de première, on s'est retrouvés !

Jusqu'à ce jour, Jonas se croyait un garçon un peu étrange, qui avait eu une drôle de vie. Et voilà qu'il se découvre un jumeau, en tout point semblable à lui… qui est en train de se demander la même chose que lui.

– Alors toi aussi, tu captes les pensées ? s'étonne Jonas.

– Depuis que tu es descendu du bus, tu n'as que cette question en tête, rigole Mike. Bien sûr que je capte ce qui se passe dans la tête des autres. Et dans la tienne, c'est facile, j'y suis presque comme chez moi.

– Tu connais d'autres personnes qui en sont capables ?

– Aucune.

– Quand j'étais petit, dit Jonas, je croyais que tout le monde était comme moi. Lorsque j'ai compris que mes copains trouvaient ça bizarre, j'ai appris à le cacher. Même à mes parents.

– C'est avec les parents que c'est le plus gênant, reconnaît Mike. On a l'impression d'ouvrir la porte de leur chambre. J'essaie de ne pas les écouter.

Jonas n'a plus ce problème, et avec Joséphine, il est plus prudent de connaître ses projets avant qu'elle les mette à exécution.

– Tu peux faire changer les gens d'avis ? continue-t-il.

– Avec la voix qui vient du ventre ? Toi aussi tu fais ça ?

– Parfois. Quand je n'ai pas le choix, mais ça ne marche pas à tous les coups.

– Tu t'en sers au basket ?

– Pendant le jeu, ça va trop vite, j'ai pas le temps de trouver la bonne voix. Tu y arrives toi ?

– Quand un joueur déconne et qu'il risque de nous faire perdre, dans ce cas la voix se forme toute seule.

– Faudra que j'essaie.

Jonas sourit. Il y a très longtemps qu'il n'avait pas eu l'impression d'être compris à ce point.

– Tu te rends compte de notre pouvoir ? continue Mike.

– Ça me rend service, mais je n'ai jamais pensé que ce soit un pouvoir.

– Parce que tu ne t'en sers pas pour dominer les autres, pourtant si tu voulais…

– Je ne sais pas si je pourrais. Déjà, je n'arrive pas à me mettre en colère, même contre des crétins qui m'ont fait une vacherie.

– Toi aussi ! s'exclame Mike. Qu'est-ce que ça m'a valu comme sarcasmes ! Je me demande si nous avons quelque chose de différent.

– La façon de draguer, peut-être, suggère Jonas. Je crois que tu es plus à l'aise que moi.

– C'est grâce à ma mère, rit Mike. Elle me répète tout le temps que je suis irrésistible.

La mère de Jonas disait : « Mon petit garçon merveille ». Ce n'est pas tout à fait pareil.

– Qui sommes-nous, Mike, pour être si différents des autres ?

– La seule chose dont on soit sûrs, c'est qu'on est nés comme ça. Nos talents, nos dons particuliers, étaient dans nos gènes, comme la couleur de notre peau, la longueur de nos jambes, notre force aux échecs ou au basket…

– Ça viendrait de nos parents ?

– Nous sommes peut-être issus d'une lignée de mutants, rigole Mike.

– Mais pourquoi nous avoir abandonnés à la naissance, dans des endroits si éloignés…

– Pour mieux cacher d'où nous venons.

Mike a été trouvé par un homme, Hans Christiansen, le 6 octobre 1995 à Mabonto, une petite ville de Sierra Leone. Cet homme l'a remis au Refuge quelques jours plus tard. Comme Jonas.

– Les responsables du Refuge en savent sûrement plus que ce qu'ils ont dit à nos parents, tranche Mike. Tout ce que les miens m'ont raconté, pour le moment, c'est que le directeur s'appelait le docteur Lehman. En se donnant un peu de mal, on devrait le retrouver.

Mike n'est pas seulement un frère, c'est une tornade. Jonas avait oublié que lui aussi, il y a quatre ans, possédait cette vitalité. Mais depuis quelques jours, avec ce jumeau qui lui tombe du ciel et les promesses qu'il devine dans les yeux de Sophie, il a l'impression de se réveiller.

– Faut que je parte maintenant, dit Mike, ma mère doit s'affoler. On se voit ce week-end ?

Jonas n'osait pas le proposer, il pensait que Mike serait pris par sa famille.

– Samedi après-midi, à la piscine ? propose Mike.

Ils échangent leur adresse électronique et Mike saute dans son bus.

– À samedi, mon frère, crie-t-il avant que la porte ne se referme.

Jonas regarde le bus s'éloigner, le visage de Mike collé contre la fenêtre, le même que le sien.

11

En arrivant chez lui, Jonas est assailli par Clara qui a besoin d'un coup de main en maths, puis par Joséphine qu'il faut aider à vider la voiture car elle est passée au supermarché. Et comme c'est la soirée des bons et loyaux services, elle lui demande en prime de faire la sauce des pâtes.

– Tu la réussis si bien, le flatte-t-elle.

Il est dix heures quand Jonas peut enfin fermer la porte de sa chambre. Le temps d'accéder à l'annuaire international, il tape : Refuge, Verbier, Suisse et ne trouve rien.

Il essaie à Orphelinat, rien. À Association, rien non plus. Il examine à nouveau son dossier : l'organisme à qui on l'a confié s'appelait précisément Le Refuge International.

Il tape Refuge International.

Il y en a deux : un centre d'accueil pour animaux abandonnés, et une association religieuse du Texas, mais aucune trace d'un Refuge International en Suisse. Et il n'existe pas non plus de Françoise Lejeune à l'adresse indiquée à Lausanne.

Jonas parie que s'il avait l'adresse de l'homme qui a découvert Mike en Sierra Leone, il ne découvrirait personne non plus. Les gens qui ont entouré leurs trois premières années semblent avoir disparu.

Il est trop tard pour appeler Mike, mais il peut lui envoyer un mail.

Un message l'attend dans sa boîte aux lettres : « Impossible de trouver Le Refuge à Verbier. Le mystère s'épaissit. Heureusement qu'on est deux à chercher. Salut brother. »

Jonas a mal dormi, il a passé une partie de la nuit à se demander quelles autres sources qu'Internet il pourrait utiliser. À deux heures du matin, il a eu une idée. D'après ce qu'il a lu hier, Verbier n'est qu'un gros village. Dans un village tout le monde se connaît. La mairie devrait savoir si un orphelinat appelé Le Refuge a existé ou non.

Il a rallumé son ordinateur pour chercher le numéro de téléphone de la mairie de Verbier. Il a dû naviguer un moment car la mairie, en Suisse, s'appelle administration communale, et elle n'est pas située à Verbier, mais au Châble, quelques kilomètres plus bas dans la vallée. Jonas espère qu'elle sera encore ouverte lorsqu'il rentrera du collège à seize heures trente.

– Ça y est, madame Langlois a craqué, annonce triomphalement Max dès que Jonas pénètre dans la cour du collège.

En temps normal Jonas aurait remarqué que Mme Langlois, la prof d'anglais, avait atteint les limites de sa résistance, mais depuis quelques jours il a la tête ailleurs.

– En congé maladie pour un mois, précise Max. Dépression.

Mercier, le CPE qui vient d'annoncer la nouvelle, les regarde entrer en perm, sous le contrôle mou du surveillant le plus cool du collège. Mercier affiche un sourire mauvais. C'est un vicieux. Jonas le sent et il ne l'aime pas.

« Je ne vais pas les rater, pense Mercier, dans un quart d'heure j'arrive avec le principal. C'est bien le diable si je n'en trouve pas la moitié à taper le carton, à pomper les devoirs des autres, peut-être même à se refiler du shit... » Ce qu'il y a de bien avec Mercier, c'est que ses pensées sont claires et simples. Faciles à capter.

Dans le couloir, Alex et Diawara viennent de commencer un duel à coups de sacs à dos.

« Ces deux-là, si je peux les choper, je les vire... », jubile Mercier.

Leur 3e 4 est la bête noire de Mercier, certains jours Jonas le comprend, pourtant ce n'est pas une raison pour leur tendre un piège et puis il ne veut pas que Diawara soit renvoyé. D'accord, il est incapable de rester tranquille à sa place plus de trois minutes, mais il ne ferait pas de mal à une mouche et son père est un sale type qui adore le punir à coups de ceinture.

– Gaffe, j'ai entendu Mercier demander au principal de l'accompagner en perm tout à l'heure, glisse Jonas à Diawara, t'as intérêt à te tenir à carreau.

– Qu'est-ce qu'il me veut, ce bouffon ?

– Te virer.

– J'ai rien fait !

– Dans dix minutes tu en auras fait assez. Il te vise, toi et Alex.

– Il a qu'à venir, cet enfoiré, gronde Alex en montrant les dents.

– T'as déjà été viré deux fois depuis la rentrée, à la troisième tu ne reviens pas.

Alex ne supporte pas les conseils, de la part de Jonas moins que de quiconque. Il a encore sur l'estomac la leçon de lundi.

– Si tu crois que ça me fait peur.

– À Mercier non plus, ça ne fait pas peur, et il vient avec le principal.

Alex médite quelques secondes, ce qui est un signe de grande inquiétude.

– Si je ne bouge pas, il ne pourra rien faire.

– Et il sera vexé d'avoir dérangé le principal pour rien, complète Jonas.

Sourire mauvais d'Alex.

– Justement, il faut que je finisse le bouquin que madame Johnson nous a donné à lire.

– Moi aussi, décide Diawara qui ne peut s'empêcher d'imiter Alex.

Quand Mercier entre, chacun a le nez dans le roman conseillé par la prof de français.

– Super, cette histoire, dit Max.

– Oui, super, renchérit Sophie qui a suivi la scène avec Alex et Diawara.

Jonas lui adresse un petit salut de remerciement, elle salue en retour, l'air de dire « C'est la moindre des choses » mais Jonas entend : « Tu peux m'en demander bien plus », ce qui le fait rougir jusqu'aux oreilles.

Quand Jonas rentre, il est presque dix-sept heures. Il doit faire vite. Il se glisse en silence dans sa chambre en emportant le téléphone.

L'administration communale du Châble est encore ouverte, une femme à l'accent traînant lui souhaite la bienvenue.

– Je cherche à joindre un orphelinat situé à Verbier, annonce Jonas, Le Refuge international. Je ne trouve pas son numéro. Sauriez-vous comment je peux me le procurer ?

– Mais Le Refuge a fermé il y a dix ans, explique la femme.

– Fermé ? dit-il d'un ton navré. C'est dommage. Voilà, je suis un des orphelins qui y ont vécu, c'était un endroit merveilleux…

– Tout à fait merveilleux, renchérit la femme.

– J'aurais voulu remercier les gens qui ont pris soin de moi. Habitent-ils encore là ?

– Ils sont partis quand Le Refuge a fermé.

– Peut-être vous souvenez-vous d'eux ? lance-t-il le cœur battant.

La femme attend un moment avant de répondre, elle doit rassembler ses souvenirs.

– Je ne me rappelle que le docteur Lehman, le directeur.

– Il était suisse ?

– Je n'en suis pas sûre. Suisse allemand peut-être, il en avait l'accent.

– Il a laissé une adresse ?

– Non, mais si vous retrouvez l'association, ils vous la donneront.

– Je vais chercher… Je venais du Rwanda, est-ce que vous savez d'où venaient les autres enfants ?

– Du monde entier, disait-on, et tous absolument adorables.

– Que sont-ils devenus ?

– Ils ont été adoptés, puis Le Refuge a fermé.

– Il ne recevait pas d'enfants en permanence ?

– Ma foi non. Quand Le Refuge a ouvert les enfants étaient bébés, et lorsqu'ils ont été adoptés, il a fermé. Maintenant c'est un home pour enfants malades.

En fait, d'après l'interlocutrice de Jonas, Le Refuge a ouvert en 1994 et fermé en 1999. Elle ne sait rien d'autre. Jonas demande quand même l'orthographe du nom du docteur, mais l'annuaire lui apprend qu'il y a autant de Lehman en Suisse que de Martin en France, et parmi eux un bon paquet de médecins.

Petite satisfaction d'amour-propre, Mike n'a pas pensé à la mairie de Verbier. C'est Jonas qui lui annonce sa découverte par mail. Mike lui répond aussitôt.

– Brother, you're the best. Je vais essayer d'obtenir plus d'infos de mes parents. Je te raconte tout samedi à la piscine.

12

Jonas est en avance. Il s'assied sur les marches qui conduisent à l'entrée de la piscine, rabat sa capuche de survêtement sur sa tête pour qu'on ne distingue pas ses traits. Il a envie d'observer l'arrivée de Mike, de voir à quoi ressemble son père ou sa mère, celui qui le conduira.

Une Volvo break s'arrête à dix mètres de lui. Mike en descend.

– Thanks, dad, dit-il au conducteur.

C'est un homme grand, un peu fort, les cheveux gris en bataille de quelqu'un qui n'attache pas d'importance à sa coiffure.

– I'll be there at five, rappelle-t-il à Mike.

Malgré ses rondeurs et son allure décontractée, son visage n'est pas celui d'un plaisantin. Un homme responsable, voilà l'impression qu'il donne. Comme l'était le père de Jonas. Sa gorge se serre. Il savait pourtant que ça lui ferait mal, mais il n'a pas pu résister au désir de plonger un peu dans la vie de Mike. Pour voir si elle ressemble à celle qui a été la sienne. Il vient d'en avoir la preuve.

– Salut, lance sobrement Mike.

Il a l'air moins rigolard que la dernière fois qu'ils se sont rencontrés.

– J'ai du nouveau, annonce-t-il.

Il attend d'être près des bassins pour continuer.

– J'ai questionné ma mère hier soir, mon père n'était pas là, c'était plus facile. Je n'ai pas été adopté, brother, j'ai été acheté.

– Acheté ? Tu veux dire que tes parents ont payé le docteur Lehman ?

– Il les a d'abord invités en Suisse, en les appâtant avec ma photo. Il leur a longuement vanté mes qualités, affirmant que j'étais un enfant exceptionnel à qui il fallait des parents exceptionnels. C'est pourquoi il avait attendu d'en trouver qui me convenaient vraiment...

– Il les connaissait ?

– Il ne l'a pas dit clairement, mais ma mère a eu l'impression qu'il savait tout d'eux, leur histoire, leur métier, leurs goûts, leurs idées... Puis il m'a fait venir, j'ai passé une heure avec eux. Ils sont sortis bouleversés, Lehman avait raison, j'étais l'enfant dont ils rêvaient.

– C'est étrange, murmure Jonas, je crois que ma mère a employé la même expression.

– Au bout de trois semaines, ils ne pouvaient plus me quitter. Alors Lehman a expliqué que mon éducation avait été particulièrement soignée et qu'une contrepartie financière serait bienvenue. Ma mère ne voulait pas que je le sache, mais ils ne pouvaient pas s'en aller en me laissant, ils étaient trop attachés à moi et j'avais déjà l'air de les aimer. Ils ont payé.

– Cher ?

– Dix mille dollars.

– C'est illégal, non ?

– Trafic d'enfants ça s'appelle, tranche Mike.

Il y a de fortes chances que le scénario ait été le même pour Jonas. Jumeaux trouvés à six mille kilomètres l'un de l'autre, réunis, séparés, vendus... Que vont-ils encore découvrir sur leur enfance ?

Un groupe de filles passe devant eux, une jolie brune se retourne pour les observer, à vrai dire surtout pour observer Mike. L'amertume de Mike s'envole, il redresse le dos, son regard s'allume.

– Tu plonges de combien, brother ? lance-t-il à Jonas.

– Le plus haut que j'ai tenté c'est cinq mètres, et toi ?

– Même chose. Tu crawles ?

– Bien sûr, je fais deux minutes douze au cent mètres.

– Moi deux dix.

– Aujourd'hui je te bats ! avertit Jonas.

Quand ils s'approchent des plots de départ, Jonas s'aperçoit tout de suite que la brune de tout à l'heure n'est pas la seule à se retourner sur Mike. Ils sont pourtant bâtis pareil, aussi minces, avec des épaules qui commencent à se développer, et ils ont la même peau caramel clair, mais Mike marche plus droit, plus assuré, en balançant les épaules. Chacun de ses pas fait danser sa crinière de nattes. Il a tout d'un jeune athlète triomphant montant sur le podium.

Jonas se redresse, bombe le torse et se trouve ridicule. L'assurance ne se gagne pas en quelques secondes, mais s'il portait des nattes comme Mike, il se redresserait spontanément, on ne peut pas marcher voûté avec cette parure sur la tête. Ce soir, il demande à Joséphine de lui tresser des nattes.

– On fait la course ?

Mike meurt d'envie de se mesurer à Jonas.

À la façon dont il joue au basket, il aime gagner.

Ils se jettent à l'eau de deux plots voisins. Ils nagent aussi vite, aussi régulièrement l'un que l'autre. Ils respirent ensemble en tournant la tête à gauche. Demi-tour bien négocié au bout des cinquante mètres, ils repartent au même rythme, comme les acteurs d'un ballet réglé au quart de seconde. Impossible de savoir à l'arrivée lequel a touché le bord le premier.

– T'as du souffle, admire Mike hors d'haleine.

– Question d'entraînement.

Ils se hissent hors de l'eau et vont s'asseoir sur les gradins pour récupérer. Soudain Mike éclate de rire.

– Un Tarzan de la gonflette, s'esclaffe-t-il, c'est exactement ça !

Un garçon au physique avantageux essaie depuis un moment d'attirer l'attention des filles qui ont remarqué Mike tout à l'heure.

– Il a intérêt à rester sur le bord, dans l'eau il fait du surplace.

– Tu es dur !

– Et toi ? Tarzan de la gonflette, c'est toi qui l'as pensé. Je me suis contenté de capter.

– Tu captes aussi que je suis jaloux ? rigole Jonas.

– Pour les filles ? C'est tellement clair que j'ai pas besoin de capter.

– Et là, dit Jonas en reculant de quelques mètres, je pense à quoi ?

– À Sophie en maillot de bain. Elle est comment Sophie ?

– Je ne te la présenterai pas. On essaie de plus loin ?

Mike recule jusqu'au bout du gradin.

– Vas-y !

Jonas se creuse la tête. « Chiche que tu fais un saut de l'ange ! » pense-t-il énergiquement.

– Chiche !! crie Mike en dégringolant des gradins.

Il grimpe au plongeoir et exécute un superbe saut de l'ange qui lui vaut les applaudissements du groupe de filles et une moue dédaigneuse de Tarzan.

– À toi de capter, dit Mike en retournant s'asseoir au bout des gradins.

Jonas ferme les yeux, se concentre et perçoit comme s'il l'entendait : « Chiche que tu décides Tarzan à plonger du trois mètres ! »

– Tu charries ! proteste Jonas en revenant vers Mike. Il plonge à peine du bord.

– Tu te dégonfles ?
– J'te revaudrai ça.
Jonas dégringole des gradins, s'approche du garçon comme s'il le connaissait.
– Salut !
L'autre est surpris.
– Ça va ? continue Jonas. Pas mal, les nanas, ajoute-t-il en désignant les filles derrière eux.
Le garçon jauge Jonas. Un peu maigre, pas très sexy, il ne risque rien.
– Pas mal, reconnaît-il.
– Ce genre de filles, il leur faut du spectaculaire, poursuit Jonas de la voix grave qu'il va chercher au fond de lui pour convaincre. Tu viens ? On va leur en mettre plein la vue.
Le garçon commence à comprendre où veut l'entraîner Jonas. Il n'a aucune envie d'y aller.
– On commence par une bombe, propose Jonas.
Il saute le premier, éclaboussant à cinq mètres à la ronde. Tarzan s'en tire aussi bien.
« C'est pas d'jeu », proteste Mike dans sa tête.
Jonas rigole.
– Plongeon simple ou saut carpé ? demande-t-il quand l'autre sort de l'eau.

Panique dans les yeux de Tarzan. Jonas se rapproche de lui, lui prend le bras et lui dit doucement, avec la même voix que tout à l'heure :

– C'est archi simple. Tu respires bien, ça chasse la trouille et tu piques tout droit. Trois mètres, c'est pas deux fois ta hauteur, ajoute-t-il. Je te montre.

Jonas se lance en décomposant ses mouvements.

– À toi ! lance-t-il d'en bas.

La leçon a été comprise, Tarzan ne s'en tire pas mal du tout. Il peut retourner vers les filles et recommencer ses manœuvres d'approche.

– J't'avais pas demandé de jouer les nounous, proteste Mike quand Jonas revient.

– Tu m'avais demandé de le faire plonger. Il a plongé. Maintenant si tu veux lui piquer les filles, à toi de jouer.

– C'est pas pour draguer que je suis venu, c'est pour être avec toi. De toute façon, avec les filles, il suffit d'y croire pour que ça marche, c'est comme la voix du ventre.

Jonas se promet de ne jamais s'en servir avec Sophie.

– Elle doit être canon, Sophie, se moque Mike.

C'est génial, ils n'ont pas besoin de parler pour s'entendre !

– Si ça se trouve, on communique depuis toujours et on ne le savait pas, dit Mike. Ça m'arrive d'avoir des impressions étranges dont je ne comprends pas l'origine.

– Je me souviens d'un truc bizarre, reconnaît Jonas. Un soir, peu de temps avant la mort de mes parents, j'étais avec ma mère, au coin du feu. Il faisait bon, elle me lisait un livre, j'étais hyper bien et tout à coup je me suis mis à trembler de froid et de peur. Ça a duré longtemps. Ma mère s'est affolée. Elle a appelé un médecin qui n'y comprenait rien. Et ça s'est arrêté tout seul. Je m'en souviens encore.

– C'était en plein hiver ?

– Oui.

– Il y a quatre ans, je me suis perdu dans une forêt du Vermont pendant trois heures. J'étais gelé et je croyais voir des loups partout.

Le Refuge les a peut-être envoyés très loin l'un de l'autre, mais ils n'étaient pas complètement séparés.

– Tu n'aurais pas eu l'impression de recevoir un parpaing dans la figure récemment ? questionne Mike.

– Au milieu de la nuit ?

– De vendredi à samedi. Tu as ressenti quelque chose ?

– J'ai été réveillé par une forte douleur à la mâchoire. C'était toi ?

– Des cambrioleurs se sont introduits chez moi pour piquer les ordinateurs de mes parents. J'étais seul dans la maison, je me suis réveillé au mauvais moment. Les flics m'ont trouvé dans les vaps.

– T'as eu peur ?

– Au moment où un des types m'a découvert, oui.

– Ça par contre, je ne l'ai pas ressenti.

– Ce n'était pas une si grande peur, rien à voir avec ma frayeur dans la forêt. Il faut peut-être que l'impression ou la douleur soit intense pour que ça passe de toi à moi.

Et la joie ? se demande Jonas. Est-ce que Mike le sentira s'il embrasse Sophie ?

– On n'est pas au bout de nos découvertes, murmure Jonas.

– On va avoir besoin de se parler souvent. Toi non plus, t'as pas de portable ?

– Trop cher, dit sobrement Jonas.

Pour Mike ce n'est pas une question de prix, mais de tranquillité. Il n'a aucune envie que sa mère, qui s'inquiète au moindre retard, puisse le joindre n'importe où, n'importe quand. Ou s'affole s'il ne répond pas.

– J'ai repéré un site de chat pas très encombré : Sang pitié, continue Mike. C'est plus rapide que le mail. Ça t'irait qu'on se retrouve là ?

– On signe comment ?

– Castor et Pollux ?

– Ils étaient jumeaux ?

– C'étaient des frères inséparables, fils de Zeus, beaux et séduisants. Ils tombaient toutes les filles.

– Tu manques pas d'air ! rigole Jonas.

13

Amalia a passé une partie de la nuit à écouter les enregistrements transmis par les relais qui surveillent Mike et Jonas et à examiner les traces de leurs explorations sur le web. Ils sont bien partis à la recherche du Refuge, comme elle l'avait prévu, et, comme prévu, ils n'ont rien trouvé, mais pour le moment ça ne les perturbe pas.

Au contraire, la rencontre de Mike semble avoir rendu sa vitalité à Jonas, mais surtout elle démontre ce que leur groupe espérait : à deux, ils prennent confiance en leurs talents, ils les utilisent mieux, ils y prennent goût, et commencent à pressentir leur pouvoir. Lorsqu'ils seront tous réunis, le résultat pourrait dépasser les espérances qu'Amalia et ses amis ont placées en eux.

14

Mike a quitté le bureau de l'association, son calme tout juste retrouvé. Neil méritait une correction. Jamais Jonathan n'aurait dû lui proposer de participer à leur réunion. Le lycée international encourage la création d'associations extrascolaires telles que des clubs de langues, de théâtre, des jeux de rôles… Mike a tout de suite été attiré par Solidarité 15-20, dont le but est de relier des jeunes de quinze à vingt ans du monde entier, de partager des expériences, confronter leurs situations. L'association fonctionne comme un gigantesque blog où chaque membre parle de ses problèmes, demande des conseils, parfois de l'aide.

– Tu savais que les producteurs de coton burkinabés sont ruinés par nos producteurs texans ? a-t-il demandé à son père en sortant d'un long échange avec un garçon de Ouagadougou qui est obligé de quitter le lycée car sa famille n'a plus les moyens de financer la pension.

– La concurrence internationale est impitoyable, a soupiré son père.

Mike a voulu en savoir plus et maintenant il échange avec son ami burkinabé des propositions pour réguler le commerce du coton. Il échange aussi avec une Brésilienne des projets d'éoliennes bâties avec des matériaux de récupération pour fournir l'électricité gratuite dans les favelas et il a organisé une collecte d'argent auprès des élèves de sa classe pour aider un jeune villageois chinois de la province de Ningxia à payer sa scolarité.

Il est tellement passionné que Jonathan l'a suivi et, bien sûr, Jonathan n'a pas pu s'empêcher d'emmener Neil, qui s'est mis à draguer Linda, leur plus jolie adhérente, qui sort avec Kenneth, leur trésorier. Quand Mike a fait remarquer à Neil que Linda était déjà prise, Neil a hurlé de rire.

– Écoutez-moi ce donneur de leçons. Elle est pas mariée Linda.

Mike a failli lui flanquer son poing dans la figure. Et puis, comme toujours, sa colère est tombée.

– C'est vrai, a-t-il reconnu, elle peut quitter un beau mec sympa comme Kenneth pour un frimeur bas du cul comme toi, mais j'suis pas sûr qu'elle en ait envie.

Linda a éclaté de rire et Neil a failli sauter à la gorge de Mike. C'est Jonathan qui l'a retenu.

Il est encore exaspéré par l'incident lorsqu'il quitte le lycée. Une petite course en forêt avec sa mère lui permettra de décompresser. Le lundi, tous les quinze jours il l'accompagne dans son jogging. À Cambridge, elle courait dans le parc du campus, mais ici, il n'y a pas de campus.

Mike se promet d'être particulièrement prévenant avec sa mère, il l'a assez secouée ces derniers jours. Hier soir, il a descendu les albums de photos des étagères.

– Ils ne sont pas tous là ? a-t-il remarqué.

– On en a laissé à Cambridge. On était assez chargés.

– Vous aviez pris des photos de moi au Refuge ?

– Quelques-unes. Devant le chalet, pendant les promenades qu'on faisait avec toi...

– Il était comment ce chalet ? continue Mike.

– Assez grand et très confortable.

– Et les autres enfants, ils étaient nombreux ?

– Une dizaine environ.
– C'était quel genre d'enfants ?
– Vifs et charmants comme toi. Vous faisiez une sacrée bande de copains.
– Il y en avait beaucoup de mon âge ?
– Vous aviez tous à peu près le même âge, je pense.
Maintenant que sa mère le dit, Mike croit avoir gardé le souvenir d'un groupe d'enfants à peu près de sa taille.
– Je me souviens d'une femme souriante et d'un homme qui m'impressionnait, reprend Mike. Ça devait être le docteur Lehman. Comment était-il ?
– Mince, chauve avec une couronne de cheveux blancs. Il était aimable, assez sérieux, il portait des lunettes, peut-être est-ce cela qui t'impressionnait. C'est d'avoir rencontré ce garçon, ton sosie, qui soulève toutes ces interrogations ?
Mike n'a pas parlé de ses autres rendez-vous avec Jonas, ni avoué qu'ils sont jumeaux. Il a le sentiment que Jonas aussi a gardé leur découverte pour lui.
– Avoue que c'est étrange de trouver ici, en France, un garçon qui me ressemble beaucoup et qui a presque la même histoire que moi.
– Tu devrais nous le présenter.

Mike n'est pas certain qu'elle en ait envie et elle aimerait qu'il change de sujet.

– Tu te souviens que mon match de championnat est mercredi, a-t-il rappelé, tu as promis d'être là pour filmer.

– Tu ne crois quand même pas que j'ai oublié ! Par contre, demain, si tu veux bien, c'est toi qui m'accompagnes pour mon jogging.

– Comme d'hab', a assuré Mike.

Des pousses vert tendre commencent à poindre sur les branches des hêtres, il fait doux. Le sous-bois est tapissé de stellaires aux légères têtes blanches, des violettes pointent sur les plaques de mousse ensoleillées.

Mike guette les écureuils, mais dans les forêts de France il n'y en a pas beaucoup, alors que chez ses grands-parents, dans le Vermont, ils venaient jusque dans le jardin. Par contre, dans le vallon qui descend vers le ru de Buzot, on peut souvent apercevoir des chevreuils.

Ils se garent au rond-point dit de l'Étoile Parfaite. À cette heure-ci ils sont souvent seuls dans la forêt. Aujourd'hui un gros 4x4 Mercedes aux vitres teintées est garé à proximité. Les occupants n'en sont pas encore descendus, Mike distingue deux silhouettes à l'avant. Il se demande à quoi peuvent ressembler les propriétaires d'une voiture aussi prétentieuse. Leurs visages sont très sombres. Très lisses aussi, sans nez, sans menton, avec des trous à la place des yeux. Des cagoules.

– Démarre ! hurle Mike.

– Quoi ?

– Le 4x4, les types sont cagoulés !

Sa mère lève la tête vers la grosse voiture voisine, elle a un haut-le-cœur, mais de bons réflexes. Elle enclenche la fermeture automatique des portières, remet le contact et exécute une marche arrière tranquille. Puis elle emprunte la route par laquelle ils sont venus. La Mercedes ne les suivra peut-être pas. Si ! Elle manœuvre à toute vitesse pour prendre la même direction qu'eux.

– Ton portable ! crie Mike.

– Je l'ai laissé à la maison.

En deux minutes, le 4x4 les a rejoints. La route est jalonnée de ralentisseurs. Les amortisseurs de la Twingo n'y résisteront pas, tandis que l'énorme Mercedes passe sans dommage. Sa mère négocie une traversée en zigzag, le châssis cogne mais la voiture continue. La Mercedes se rue sur la Twingo et la percute à l'arrière.

La petite voiture fait un bond, la mère de Mike heurte brutalement l'appuie-tête, elle ferme les yeux quelques secondes, étourdie, le moteur du 4x4 vrombit, il les double et se rabat brutalement contre le flanc gauche de la Twingo qui bascule dans le fossé. Mike est projeté contre sa portière, sa tête percute la vitre. Ça fait un mal de chien, mais il est assez conscient pour entendre les portes du 4x4 s'ouvrir.

Un homme en descend, un pied-de-biche à la main. Cette silhouette courte et massive, qui traîne légèrement la jambe droite, Mike l'a déjà vue. Ce regard brun et froid aussi. Le cambrioleur ! Comme l'autre nuit, Mike ne parvient pas à saisir ses pensées, juste un sentiment de menace.

L'homme brandit la barre de fer, fait éclater la vitre côté conducteur. La mère de Mike hurle. Le type passe la main à l'intérieur, débloque le loquet, tire de nouveau, la portière résiste. Il introduit la barre entre la portière et l'aile, la tôle craque… et une voiture apparaît au loin devant eux.

Le type recule, remonte dans la Mercedes qui fonce vers la sortie de la forêt, sans tenir compte de l'existence des ralentisseurs. Mike a quand même le temps de noter : 1742YV 77.

– Ça va maman ?

– Je crois, murmure-t-elle d'une voix mal assurée.

Et elle se met à vomir sur le tableau de bord. Mike passe la main sur son crâne et la ramène rouge de sang. La voiture inconnue arrive à leur hauteur, un homme en jaillit, qui gronde « Les salauds ! », l'oreille rivée à un téléphone portable. Une femme sort par l'autre portière.

– Comment ça va ? demande-t-elle en se penchant vers l'intérieur de la voiture.

– Mal, répond doucement Mike, mais on est vivants.

L'homme donne des explications haletantes dans son portable. Lui aussi a noté le numéro de la grosse voiture, il le répète plusieurs fois à son interlocuteur.

– Vous êtes arrivés à temps, murmure faiblement la mère de Mike.

– Nous sommes enseignants au lycée agricole, à l'orée de la forêt. On vient de sortir de cours. D'habitude la route est tranquille, il m'a fallu quelques secondes pour comprendre ce qui se passait… Nous avons aussitôt prévenu la police et le Samu.

Le Samu met un quart d'heure à venir jusqu'à eux. Deux policiers les suivent de près, des hommes en moto et en uniforme.

Avec précaution, Mike et sa mère sont extraits de la voiture, couchés sur des brancards et examinés.

– Je ne pense pas qu'il y ait de fracture, conclut le médecin, mais il vaut mieux faire des radios.

Il a arrêté le sang qui s'écoulait de la plaie et posé un pansement provisoire à Mike. Pendant ce temps, les policiers lancent un avis de recherche de la Mercedes.

– Je crois que j'ai déjà vu un de ces hommes, dit enfin Mike.

Sa mère a un sursaut.

– Il s'est introduit chez nous il y a quelques jours pour nous cambrioler.

Les policiers font répéter à Mike tout ce qu'il a déjà dit au jeune lieutenant.

– C'est écrit quelque part dans vos dossiers, finit par s'énerver la mère de Mike. On pourrait s'en aller, mon fils a besoin de soins.

Que voulaient ces types cagoulés ? Voilà trente minutes que Mike retourne cette question dans sa tête, assis sur une chaise inconfortable dans la salle d'attente des urgences de l'hôpital où le Samu les a conduits.

– Sarah et Mike Warehime ? demande un homme en blouse blanche, en poussant la porte qui conduit aux salles d'examen, un dossier à la main.

– Enfin, soupire sa mère.

– Je suis le docteur Zidi. Désolé de vous avoir fait attendre, nous sommes débordés. Une épidémie de bronchiolite. On ne sait plus où mettre les enfants.

– Je comprends, murmure-t-elle confuse.

Le médecin lui pose quelques questions, l'examine, lui prescrit une radio des cervicales, puis il se penche sur le crâne de Mike.

– Jolie entaille, remarque-t-il tranquillement.

C'est un homme jeune, paisible malgré la fatigue qui tire ses traits. Avec des gestes doux, il écarte les cheveux de Mike, inspecte la plaie, il doit la sonder avec un instrument métallique, Mike sent la caresse froide de l'outil.

– C'est assez large. Un infirmier va te raser pour que je puisse recoudre, explique le médecin.

– Toute la tête ?

– Tu as peur de perdre tes belles tresses ? s'amuse le docteur Zidi.

– Un peu.

– Juste sur quelques centimètres. On va aussi te faire une radio, le choc a dû être violent.

Un infirmier vient les chercher pour les conduire à la radio, ils passent dans le cabinet de radiologie l'un après l'autre, repartent ensemble avec les clichés.

– C'est bon, déclare le docteur Zidi en examinant les radios, Mike a juste une légère fêlure. J'aimerais le garder ici vingt-quatre heures sous surveillance, en cas d'hémorragie tardive.

Mike regarde ses tresses tomber dans le bac métallique.

– Rassure-toi, dit le docteur Zidi, tu es encore très sexy. Avec trois points de suture, la coupure cicatrisera vite. J'espère que tu n'es pas douillet ?

Mike grommelle une vague réponse, tandis que le médecin tamponne délicatement la plaie.

– Votre fils a déjà subi une intervention à la tête ? demande-t-il tout à coup.

– Pas que je sache. Pourquoi, il y a un problème ?

– Une sorte de capsule, très petite, près de la plaie. Je ne l'avais pas remarquée à la radio.

– Une capsule ? s'affole sa mère.

Le médecin replace les radios sur son écran lumineux.

– Effectivement, on ne voit rien.

Il se penche de nouveau vers Mike.

– Elle est mobile, c'est un corps étranger qu'on a placé là pour une raison précise. Vous êtes sûre que votre fils n'a subi aucune intervention ?

Sa mère explique qu'ils ont adopté Mike à trois ans. Depuis cette date, elle est certaine qu'il n'a subi qu'une intervention, pour remettre en place son tibia gauche cassé au ski. Il est possible qu'il ait été opéré pendant ses trois premières années, elle n'en sait rien. Quand, avec son mari, ils sont allés chercher Mike, on ne leur a rien dit. Le médecin demande des précisions sur l'orphelinat où Mike a vécu, le fait qu'il soit suisse semble le rassurer.

– Votre fils devait avoir un carnet de santé quand on vous l'a confié ?

– Oui, mais rien de ce genre n'y est mentionné.

– C'est étrange, dit le docteur Zidi. Pourriez-vous essayer de joindre ces gens ? Je voudrais leur parler.

Mike se retient juste à temps de dire que c'est inutile. Sa mère passe un long moment avec le service des renseignements internationaux, avant d'annoncer :

– On ne les trouve pas.

– C’est ennuyeux, tique le docteur Zidi, soucieux.

Il se penche de nouveau sur le crâne de Mike.

– Je ne peux pas laisser cet objet sans savoir ce que c’est. Je vous propose de le prélever, de le faire examiner par nos laboratoires. Après nous déciderons s’il faut ou non le remettre à sa place.

Mike n’aime pas la tournure que prennent les événements. Et si c’était cette capsule qui lui permettait de capter les pensées ?

– Enlevez-le quelques secondes, je voudrais voir si je ne ressens pas de changement, intervient-il.

– Vous êtes d’accord ? demande le médecin à sa mère.

Elle est au bord de l’affolement.

– Juste un moment, insiste Mike en la regardant dans les yeux et en faisant remonter du fond de son corps cette vibration grave qui emporte les décisions.

– Un moment, accepte-t-elle.

Avec une pince, le médecin attrape délicatement l’objet et le montre à Mike. On dirait une gélule de quelques millimètres de long. L’enveloppe est souple et opaque.

– Comment te sens-tu ?

Mike se concentre sur le visage du médecin. Il capte sans difficulté : « Qu'est-ce qu'on a bien pu expérimenter sur ce gosse ? »

– Aucune différence, dit-il, vous pouvez la garder.

« Il a du cran », pense le docteur Zidi. Mike sourit.

– Avant de recoudre, je te propose d'attendre les résultats du labo. Je vais te mettre des strips qui rapprocheront les bords de la plaie. Ils seront faciles à retirer si le labo découvre que cet objet dispense une hormone dont tu aurais besoin. Dans ce cas, je le remettrai en place.

Cette fois, c'est Mike qu'il informe, pas sa mère.

15

Le biper d'Amalia vibre alors qu'elle s'apprêtait à activer le sien. Un court message de Norman est affiché : « Problème avec Mike. »

Sur la messagerie cryptée de son ordinateur, les explications suivent :

– Il est arrivé quelque chose à Mike. On le localise à l'hôpital de Saint-Germain depuis un moment. Tu en sais plus ?

– Sarah Warehime vient de téléphoner à son mari, l'informe Amalia. Elle et Mike ont été agressés en forêt. Mike va bien, rassure-toi. Mais un des agresseurs ressemblait à un des Coréens qui les ont cambriolés.

– On aurait dû pousser Nick à quitter le laboratoire Friedman.

– On a essayé…

– On aurait dû employer des moyens radicaux… Qu'est-ce qui s'est passé ?

– Deux hommes attendaient Mike et sa mère dans la forêt. Ils ont essayé de fuir, mais les types ont renversé la voiture. Par chance, des enseignants d'un lycée proche sont arrivés à ce moment.

– Il faudrait équiper aussi les voitures.

– Un relais par enfant ne suffirait plus.

– De toute façon, ils deviennent autonomes. Il faudra bientôt réorganiser notre système de surveillance. Mike est traumatisé ?

– Il ne semble pas. Il s'en tire avec des hématomes et une blessure à la tête. Pas grave, mais le médecin a trouvé l'émetteur. Il l'a retiré, il va le faire examiner. J'avertis le relais ?

– Il doit agir au plus vite. Je localise toujours l'émetteur dans l'hôpital.

– Les Coréens n'ont pas eu ce qu'ils voulaient, ils risquent de remettre ça. Il faut renforcer la protection de Mike, insiste Amalia.

– Nick Warehime va sûrement demander à Friedman de s'en charger. En attendant fais doubler le relais. Je lance une recherche pour identifier les hommes de main des Coréens.

16

Jonas se taille un franc succès en arrivant au collège ce matin. Dimanche, Joséphine lui a tressé les cheveux. Clara a fourni des perles de couleur pour les mettre au bout de chaque tresse.

– Super sexy, a décrété Noémie en contemplant le résultat.

Enchantées de leur œuvre, Joséphine et Clara ont ensuite insisté pour l'emmener au grand marché d'Argenteuil où l'on trouve des tas de vêtements à la mode bien moins chers qu'ailleurs.

– Ton jean râpé et ton sweat informe, ça suffit comme ça. Tu vas te fringuer mode, a décrété Clara.

En fouillant dans les étalages, Joséphine a déniché un baggy kaki qui lui tombe sur les fesses comme celui de Mike, un sweat brun et gris, large et moelleux, ils ont aussi trouvé une paire de tennis Nike Air à moins de la moitié de leur prix.

– Tu es superbe ! s'est écriée Joséphine.

Le dos de Jonas s'est redressé tout seul, il a rejeté ses nattes en arrière et il a ri.

Ce matin, après une nuit de sommeil, elles ne pointent plus sur son crâne comme des pics de hérisson.

– Wouah ! Le look d'enfer ! s'écrie Diawara en l'apercevant.

– T'essaies de frimer maintenant ! ricane Alex.

– Tu m'as donné envie, réplique Jonas.

– Avec ce baggy et les Nike, tu le fais, affirme Max.

Reliquet, le prof de maths, remarque tout de suite la différence.

– Tu as changé de look, Rivière ! constate-t-il amusé. Viens donc corriger cet exercice.

Reliquet est un des rares profs qui a deviné le jeu de Jonas. Un jour où il martyrisait Max au tableau, Jonas n'avait pas pu s'empêcher de lui souffler les réponses.

– Viens aider ton copain, avait dit Reliquet, plus étonné que furieux. C'est lui que je noterai.

Jonas était coincé. Il avait terminé l'exercice en vitesse, en se jurant de ne jamais plus souffler ouvertement. Mais Reliquet avait compris.

– Je me disais aussi que tu faisais des erreurs bizarres. Tâche de garder un niveau correct. Ce serait stupide de redoubler.

Un concert de sifflets accompagne l'arrivée de Jonas sur l'estrade. Puisqu'il se fait remarquer, autant l'assumer jusqu'au bout. En quelques minutes, il donne le corrigé parfait de l'exercice, ce qui lui vaut d'autres sifflements.

C'en est fini de sa vie dans l'ombre. À la sortie du cours, Sophie vient vers lui.

– Y a un truc que j'ai pas compris, tu peux m'aider ?

Est-ce l'effet des nattes ou celui du baggy, Sophie n'essaie plus de cacher aux autres son intérêt pour Jonas. Elle prend son air d'élève appliquée, ses boucles volent autour de sa figure, sa poitrine tend son tee-shirt, Jonas essaie de ne pas bafouiller. Il lui réexplique le cours et continue avec deux exercices. Elle note, elle mordille son crayon, elle n'est pas pressée de terminer sa leçon particulière.

– Ça te va bien ces nattes, déclare-t-elle.

– Il me manque le bonnet orange pour faire rasta.

– Ce serait marrant, mais c'est pas vraiment ton genre.

– C'est quoi mon genre ?

– Sérieux.

– Coincé, en somme ?

– Pas du tout. Je dirais calme, grave, sincère.

Jonas doit devenir rouge brique.

– On se voit toujours samedi ? continue Sophie avec un sourire complice.

– Plus que jamais.

Au bout du couloir, Alex a du mal à cacher sa hargne, Sophie prend son temps pour ranger ses affaires et s'éloigne en balançant les hanches, le spectacle préféré de Jonas.

Jonas quitte le collège à quinze heures trente, dans un état voisin de l'euphorie. Il slalome entre les passants, souriant encore au visage de Sophie, quand soudain, la panique le saisit. Sa tête bute violemment contre un mur. Mais il n'y a pas de mur. Pas même une vitrine.

Il tâte son front, son crâne. Il n'a rencontré aucun obstacle, et sa tête résonne d'un coup qu'il n'a pas reçu... il est arrivé quelque chose à Mike !

Jonas respire à fond, se masse le crâne et repart dos courbé, épaules arrondies, pour rouler le plus vite possible.

Une fois chez lui, il ne prend pas le temps d'enlever ses rollers pour grimper les escaliers, il se jette sur le téléphone. Il n'y a personne chez Mike.

Et s'il tentait de le joindre par télépathie ? Il a beau se concentrer, il ne perçoit aucune réponse.

Mais un message signé Pollux l'attend sur le site de Sang pitié. Il a été envoyé à midi, au lycée sans doute. « Nous étions une dizaine au Refuge et nous avions tous le même âge. Tu ne trouves pas ça curieux ? »

Tous le même âge, relit Jonas. Ça paraît effectivement bizarre, un orphelinat recueille les enfants à mesure qu'on les lui amène, il ne les choisit pas. Le Refuge aurait sélectionné des enfants du même âge, puis les aurait proposés aux familles pour dix mille dollars ? Qu'est-ce que ça cache ? « Trafic d'enfants » avait dit Mike.

Jonas tape « trafic d'enfants » sur son moteur de recherche. Il n'imaginait pas trouver tant d'articles. La vente des enfants est une pratique répandue dans les pays désorganisés par la guerre, les pays pauvres... Pour servir de main-d'œuvre esclave, de serviteurs dociles, d'objet sexuels...

Jonas en a la nausée.

Et les prix : dix mille à trente mille dollars ! Les dix mille dollars demandés par le docteur Lehman étaient un prix plancher. Les organisations qui dénoncent les horreurs qu'il vient de lire ont peut-être repéré des trafics de ce genre au Rwanda.

À la grande surprise de Jonas, dès qu'il s'informe sur la guerre qui a déchiré le pays, Kiziguro apparaît sur son écran. C'est un des endroits où le massacre des Tutsis a été le plus effroyable : trente-cinq mille personnes tuées en avril 1994, et quand on dit tuées : brûlées vives, jetées dans les puits, éventrées. Les enfants rescapés ont été parqués dans des camps.

Il y a un article terrible d'un journaliste, Philippe Châtelier, qui est allé à Kiziguro en décembre 1995. Décembre 1995, deux mois après sa naissance.

Et s'il interrogeait ce type ?

Il ne lui faut que quelques minutes pour trouver le numéro de téléphone du journal où il travaille.

– Oui, il fait toujours partie de la rédaction, répond une standardiste plutôt aimable. Mais il n'est pas là. Je peux lui transmettre un message ?

– J'ai lu qu'il était allé au Rwanda en 1995…

– Il y retourne souvent, c'est notre spécialiste.

– Voilà, commence Jonas, je suis né à Kiziguro en 1995…

À mesure qu'il raconte son histoire, il sent de façon presque palpable monter l'intérêt de son interlocutrice.

– D'après son article, monsieur Châtelier a des amis à Kiziguro, il pourrait me mettre en relation avec eux, ils auront peut-être entendu parler de ma mère…

Il a été chercher sa voix au fond de son corps pour prononcer cette dernière phrase. Il jurerait que son interlocutrice a les larmes aux yeux.

– Je vous donne son numéro de portable, dit-elle.

En composant le numéro, Jonas a du mal à contenir son émotion.

– Monsieur Châtelier ?

– Oui ? répond une voix pressée.

– Jonas Rivière. J'ai quatorze ans, je suis né à Kiziguro et j'ai besoin de votre aide…

Il y a un moment de silence.

– Je vous écoute, dit enfin Philippe Châtelier.

Il n'est plus pressé. Jonas raconte ce qu'il sait de son histoire.

– J'ai un excellent ami à Kiziguro, annonce le journaliste, un maître d'école, qui a sauvé huit personnes d'un puits où les tueurs les avaient jetées. Il t'apportera toute l'aide qu'il pourra. Mais si ta mère est tutsi, elle a peut-être fui après t'avoir abandonné. Comme métis, tu avais plus de chances qu'elle de t'en sortir vivant. Dis-moi, tu es né quand exactement ?

– Octobre 1995, d'après mes papiers.

– Beaucoup de gens avaient fui Kiziguro à l'époque. Qui t'a recueilli ?

– Une Suissesse, Françoise Lejeune, relit Jonas son dossier sous les yeux. J'ai un papier constatant que j'étais abandonné, et l'autorisant à m'emmener.

– Ça n'a pas dû être simple d'obtenir ce document. Qui l'a signé ?

– Pasteur Gazamungu, bourgmestre de Murambi, lit Jonas.

– Gazamungu, bourgmestre ? En octobre 1995, il n'y avait plus de bourgmestre à Murambi, dit doucement Philippe Châtelier. Le précédent, Gatete, était l'instigateur des massacres, il avait filé en Tanzanie.

– Mais ce Gazamungu, c'était qui ?

– Un fonctionnaire de l'administration communale qui a profité de la pagaille pour se faire de l'argent en vendant des fausses cartes d'identité, des attestations d'origine ethnique qui permettaient de cacher qu'on était tutsi. Il a fini par disparaître lui aussi.

– Alors mon constat d'abandon ?

– Je crains que ce soit un faux. Il faudrait demander à cette Françoise Lejeune…

Jonas renonce à expliquer qu'il ne l'a pas retrouvée.

– Cette femme voulait sans doute t'offrir une vie meilleure que celle qui t'attendait là-bas, continue le journaliste embarrassé.

– Probablement, murmure Jonas.

Il note les coordonnées du maître d'école de Kiziguro, remercie vivement le journaliste et promet de l'informer s'il entre en contact avec lui.

Son constat d'abandon est un faux.

Il doit absolument en parler à Mike. Il devrait être rentré maintenant. Mais personne ne répond au téléphone. Il est dix-neuf heures. Ni Mike ni sa mère ne sont rentrés. Que s'est-il passé à seize heures lorsque Jonas a ressenti ce coup à la tête ? Une inquiétude sourde mord le ventre de Jonas. L'envoi d'un long message à Mike ne le réconforte pas.

17

Entre les visites des infirmières, Mike a réussi à dormir, il se sent à l'abri dans cet hôpital sous la protection du docteur Zidi. L'arrivée du petit déjeuner le réveille, mais il s'assoupit à nouveau dès que les chariots cessent de cliqueter dans le couloir.

C'est la main de sa mère sur son front qui le tire de ce sommeil matinal.

– Tu n'avais pas besoin de venir si tôt, dix personnes au moins veillent sur moi ici, se moque-t-il gentiment.

Il aurait préféré que sa mère ne soit pas là pour questionner le docteur Zidi.

– Tout de même ! proteste-t-elle, un traumatisme crânien, ce n'est pas une simple entorse.

Elle lui a apporté ses affaires de toilette, des vêtements, des livres, sa console de jeux et des CD de Basket Live... de quoi s'occuper jusqu'en fin d'après-midi.

Elle le dorlote, elle est inquiète, elle sort une ou deux fois s'enquérir de l'heure de la visite du docteur Zidi et son soulagement est visible quand il pénètre dans la chambre.

– J'ai appelé mon mari cette nuit pour l'informer de notre agression et de l'objet que vous avez trouvé sous le cuir chevelu de Mike, lui dit-elle aussitôt. Il voudrait vous demander une faveur.

– Oui ?

Le docteur Zidi se méfie des requêtes des parents des malades.

– Cet objet l'inquiète énormément.

– Moi aussi, coupe le médecin.

– Il voudrait que vous attendiez son retour pour le remettre à votre laboratoire.

Le médecin lève un sourcil étonné.

– Madame Warehime, tant que Mike est dans cet hôpital, il est sous ma responsabilité. C'est à moi de décider des mesures qui le concernent.

– Je sais...

La mère de Mike se tord les mains.

– Mon mari travaille en ce moment sur un projet très spécial...

– Quel est le rapport avec Mike ?

– Son travail est classé « secret défense », je ne peux pas vous en dire plus, je ne sais rien d'autre, mais mon mari craint que notre agression et… l'objet trouvé dans la tête de Mike aient un lien avec ce projet. Il vous appellera tout à l'heure. S'il vous plaît, au moins entendez-le. Après, vous déciderez.

– À quelle heure doit-il téléphoner ?

– Cinq heures du matin, soit onze heures ici.

– Le coursier part pour le laboratoire à onze heures trente. J'écouterai votre mari, mais je vous rappelle que je reste seul juge de ce qui convient à Mike.

Le docteur Zidi examine ensuite Mike, le rassure sur son état. Il pourra rentrer chez lui ce soir. Par contre, il n'est pas question qu'il participe au match de basket du lendemain. Tant pis, Julius le remplacera et l'équipe se débrouillera sans lui, depuis quelques jours le match ne paraît plus si important.

Le docteur Zidi salue la mère de Mike d'un bref signe de tête, sourit à Mike et sort.

– Qu'est-ce que papa t'a raconté ? questionne Mike aussitôt la porte refermée.

– Il est terriblement inquiet, à cause de ces types qui nous ont agressés, et de cet objet trouvé sous ton cuir chevelu.

– Il sait ce que c'est ?

– Il n'en a aucune idée et il n'aime pas ça du tout.

Mike voit bien qu'elle est sincère, mais son père ? Pourquoi demander au médecin d'attendre pour examiner la minuscule gélule ? Son père est un neurobiologiste spécialiste du fonctionnement du cerveau et voilà qu'on trouve sous la peau de son crâne un objet non identifié.

Et si c'était lui qui l'y avait mis ?

Nick Warehime n'a jamais expliqué à Mike en quoi consistaient ses recherches, Mike sait juste qu'il s'agit de trouver des moyens de soigner certaines maladies. Pourquoi ce genre de travaux serait-il classé « secret défense » ?

La matinée se traîne, Sarah Warehime est enfermée dans des pensées qu'elle n'a pas envie de communiquer et dans lesquelles Mike perçoit surtout le prénom de son père.

À onze heures quarante-cinq, le docteur Zidi entre dans sa chambre.

– Vous avez eu mon mari ? s'inquiète la mère de Mike.

– Oui, il m'a dit de vous avertir qu'il rentre ce soir, mais il n'en saura pas plus que nous sur l'objet parasite trouvé sous le cuir chevelu de votre fils. Il a été volé.

– Comment ça volé ?

– Comme on vole chère madame, en pénétrant dans le local où sont entreposés les échantillons qui partent au laboratoire et en emportant l'objet que j'ai découvert sur votre fils. Et cet objet seulement.

La mère de Mike manque de perdre son calme.

– Mais enfin, c'est très grave…

– Extrêmement. Vous imaginez ce que cela signifie ? demande le docteur Zidi.

– Que cet objet doit rester secret, répond Mike. Et que c'est sur moi qu'on le testait.

– Je le crains. Je suis obligé maintenant de te faire subir une batterie d'examens pour tenter de découvrir quel genre d'expérience on menait sur toi.

– Vous me gardez encore à l'hôpital, jusqu'à quand ?

– Jusqu'à ce soir. J'ai programmé un maximum d'examens dans l'après-midi. Et je vais faire un rapport aux services de police.

Mike perçoit à ce moment dans l'esprit de sa mère le même soupçon que le sien : Nick aurait-il osé se servir de lui comme cobaye ? Mais, contrairement à Mike, elle se dit aussitôt que c'est impossible.

18

Jonas n'a cessé de penser à Mike toute la journée. Il l'a appelé trois fois du portable de Max, sans obtenir de réponse. Et ses efforts pour entrer en relation télépathique avec lui n'ont abouti à rien. Dès qu'il rentre du collège, il se précipite sur le Net, mais il n'y a aucun message de Mike.

– Pâtes aux champignons et escalopes panées ? propose Clara en fouillant dans le frigo.

Jonas est un expert en pâtes. Avec les restes de la semaine, il est capable de transformer un banal paquet de tagliatelles en festin.

– Il y a encore des œufs ? demande-t-il.

– Deux.

– Ça ira.

Jonas ne cuisine pas que les pâtes. En fait c'est souvent lui qui prépare le dîner quand Joséphine rentre tard. Sa spécialité c'est le poulet au Boursin. Facile et toujours apprécié, mais ce soir il n'y a ni poulet ni Boursin en réserve.

Bien entendu, c'est au moment où l'eau des pâtes se met à bouillir que le téléphone sonne. Jonas se précipite.

– C'est Mike.

– J'ai pas arrêté de t'appeler, t'étais où ?

– J'ai eu un accident de voiture avec ma mère, hier. Je rentre juste de l'hôpital.

– Merde, c'est grave ?

– Non, des écorchures et des bleus. On se retrouve un peu plus tard sur Sang pitié, je te raconterai. Neuf heures, ça te va ?

– T'as du nouveau ?

– Un peu trop. À tout à l'heure.

Un très long message de Mike s'affiche sur l'écran de Jonas quand il l'allume. Un message dans lequel il lui raconte une histoire sidérante.

– Mon père vient de rentrer de Washington, annonce Mike. Il a avancé son retour dès qu'il a su ce qui nous est arrivé. Il est inquiet mais je ne parviens pas à capter grand-chose, sauf

« Les ordures ! » Je me demande s'il n'a pas deviné que je peux entendre ses pensées. On dirait qu'il essaie de les contrôler en ma présence.

Et maintenant je suis coincé à la maison, avec un garde du corps pour me protéger. Je ne peux pas bouger le petit doigt sans que mon père le sache.

À force de me concentrer sur ma mère, à qui mon père a bien été obligé de parler, voilà ce que j'ai compris : il craint que notre agression ne soit une tentative de kidnapping. Ces deux types espéraient nous enlever pour obliger mon père à leur remettre quelque chose. D'ailleurs la police a retrouvé le 4x4, il a été volé dans le Val-de-Marne il y a trois jours. Le coup était préparé. Les policiers pensent qu'il s'agit d'un travail de professionnels. Comme notre cambriolage. Ils veulent voir mon père demain pour l'interroger. Il est décidé à ne rien leur dire, ça je l'ai capté. Il veut se débrouiller seul, avec l'aide du garde qu'il a installé à la maison. Le plus dur, c'est que je n'ai plus confiance en lui.

– Il essaie peut-être juste de vous protéger, toi et ta mère. Rien ne prouve que ce soit lui qui ait placé cet objet dans ta tête, écrit Jonas.

– Il dirige des recherches sur le fonctionnement du cerveau et il m'avait à portée de la main, la nuit pendant mon sommeil. D'ailleurs, insiste Mike, il était furieux que l'hôpital ait laissé voler cet objet. Zut, j'ai de la visite, à plus.

Est-ce que Nick Warehime aurait pu faire ça à son fils ? se demande Jonas. Mike est le garçon le plus heureux et le plus équilibré qu'il connaisse, comme seul peut l'être un enfant sûr de l'amour de ses parents. Or, pas plus qu'à Jonas, on ne peut jouer la comédie à Mike sans qu'il le détecte aussitôt. Est-ce que des parents aimants se serviraient de leurs enfants pour des expériences, même d'un enfant adopté ?

Jonas a du mal à se concentrer. Dans le living, Joséphine peste et déplace les meubles. Elle est en pleine crise de nettoyage. Les filles n'ont pourtant pas l'air de vouloir bouger d'un pouce.

– Oh non !

C'est un appel à l'aide.

– Qu'est-ce qui t'arrive ? dit Jonas en poussant la porte du living.

– J'ai accroché mon collier au manche de l'aspirateur et je l'ai cassé.

Les chaises sont empilées sur la table, le fauteuil est sur le canapé, le tapis roulé et Joséphine, à quatre pattes, tente de dénicher ses perles.

– C'est le collier de grand-mère.

L'héritage le plus précieux au cœur de Joséphine.

– Je vais t'aider.

Plus vite Jonas retrouvera les perles, plus vite il pourra retourner réfléchir au calme dans sa chambre.

– Il y en a combien ?

– Quarante-deux. J'en ai déjà trente.

Jonas s'accroupit, parcourt chaque recoin de la pièce. Il en récupère sept.

– Si je l'avais fait réenfiler avec des nœuds entre les perles, elles ne seraient pas tombées, soupire Joséphine.

Ça coûtait quarante euros, alors elle a traîné. Elle a les larmes aux yeux. Jonas s'allonge par terre et regarde sous le buffet.

– Passe-moi une torche.

La joue collée au sol, le faisceau de la torche braqué sous le meuble, il guette le moindre reflet.

– C'est quoi ce truc collé sous le fond du buffet ? s'étonne-t-il.

Jonas a beau l'agripper avec les ongles, il n'arrive pas à le décoller.

– Passe-moi un couteau.

Sous la pression de la lame, l'objet se détache. C'est une plaquette noire de cinq centimètres sur trois, épaisse de quelques millimètres.

– Qu'est-ce que c'est ?

– Juste un bout de plastique, dit Jonas en mettant l'objet dans sa poche.

Avant d'affoler Joséphine, il préfère examiner sa trouvaille d'un peu plus près. Il repart à la recherche des perles manquantes. C'est Clara, enfin venue à la rescousse, qui les découvre dans les plis du tapis.

De retour dans sa chambre, Jonas observe attentivement la petite plaquette sous la lampe de son bureau. Il distingue soudain une très fine rayure dans l'épaisseur de la plaquette. Ce n'est pas un objet, mais deux, collés ensemble. Jonas glisse la lame d'un cutter dans la rainure, la plaquette s'ouvre en deux, révélant un réseau de fils reliant des plots minuscules.

Max saura lui dire de quoi il s'agit.

Au premier interclasse, le lendemain, Jonas entraîne Max à l'écart.

– J'ai un truc à te montrer.

Il sort de sa poche l'objet récupéré la veille sous le buffet.

– Tu sais ce que c'est ?

Max est le meilleur bidouilleur en électronique du collège. Une passion qui a longtemps meublé sa solitude sentimentale et lui a valu beaucoup d'amis reconnaissants. Il répare les chaînes, les iPod, les portables... Il examine l'objet un bon moment.

– J'suis pas sûr, dit-il intrigué, mais ça ressemble à un émetteur GSM.

– C'est-à-dire ?

– Un micro espion, du genre de ceux qu'on place dans les portables pour écouter les conversations à distance. Tu l'as trouvé où ?

– Sous un meuble, dans le living.

– J'aimerais vérifier que je ne me trompe pas. Tu peux passer à la maison ce soir ?

La chambre de Max est envahie de matériel à moitié éventré, de piles de notices et de documents imprimés sur le web. Il connaît tous les sites spécialisés dans sa partie. Il en fait défiler plusieurs sur l'écran de son ordinateur.

– Ton micro ressemble à ça, tu vois... dit-il en montrant du doigt un objet.

Max donne une longue explication technique sur son fonctionnement.

– Mais le tien, c'est du matos de pros, de la technologie de pointe. Quelqu'un écoute tout ce que vous dites chez vous. T'as une idée de qui ça peut être ?

– Un amant de Joséphine qui est jaloux, dit Jonas en riant.

– Blague à part, celui qui a posé ça n'est pas un enfant de chœur.

– Je pense que c'était sous le buffet avant que Joséphine l'achète, élude Jonas.

Non seulement il n'y croit pas une seconde, mais il craint que ce micro ne soit pas le seul à surveiller ce qui se raconte dans l'appartement de Joséphine.

À peine rentré chez lui, il se met à fouiller partout. Il lui faut une grande demi-heure pour trouver une autre plaquette dans sa chambre, intégrée dans la moulure du plafond derrière les rideaux. Il y en a une troisième dans la chambre de Joséphine. Et quelque chose qui y ressemble dans le boîtier du téléphone.

– Qu'est-ce que tu fabriques avec ce tournevis ? s'étonne Clara.

– Je répare deux trois bricoles qui traînaient depuis longtemps.

Inutile d'affoler toute la famille avant de comprendre pourquoi ces micros étaient là. Jonas a bien une idée, il faut qu'il en parle à Mike.

Et si chez lui aussi… ? se demande-t-il.

Avant-hier un médecin a retiré une capsule mystérieuse de la tête de Mike, et le lendemain elle a été volée. Comment les voleurs ont-ils été informés si vite de la découverte de cet objet et de l'endroit où le trouver, sinon en écoutant les conversations des Warehime ? Jonas doit avertir Mike tout de suite. Pas par téléphone. Il allume son ordinateur… et s'il était aussi surveillé ? N'importe quel expert en informatique peut pénétrer dans un ordinateur branché sur Internet.

Il n'y a qu'un moyen d'avertir Mike sans passer par un système de communication. Y aller. Dès ce soir.

Jonas attend la fin du dîner pour annoncer à Joséphine qu'il a promis de passer voir un copain.

– Il habite pas loin, je reviens dans une heure.

Il ne sera sans doute pas rentré dans une heure car la maison de Mike est à plus de trois kilomètres et il n'y a plus de bus le soir. Il file sur ses rollers aussi vite que la côte le lui permet. La pluie qui n'a pas cessé de la journée vient de s'arrêter, le sol est glissant, Jonas doit prendre garde à ne pas déraper. Il n'a pas résisté à l'envie de porter les vêtements achetés dimanche. Il imagine la tête de Mike quand il le découvrira avec des nattes, habillé presque comme lui. Son sourire se change vite en grimace, la côte est raide.

Jonas parvient dans la partie la plus résidentielle de Mareil. Belles maisons, beaux jardins, silence. Le silence…

Jonas se souvient de celui qui tombait le soir sur le jardin de ses parents en été quand les cigales avaient fini de chanter. Un silence qui sentait l'odeur des grands pins dominant la maison et qui ne durait pas, car les grillons prenaient bientôt le relais. Et voilà que Jonas a les larmes aux yeux. Ce n'est pas le moment, il est arrivé.

Il a intérêt à être discret pour le cas où le garde du corps surveillerait les alentours. Il va remonter jusque chez Mike en passant par l'arrière des jardins. Il escalade quelques clôtures, enjambe un grillage…

Une des fenêtres de l'étage est éclairée. Les fenêtres du rez-de-chaussée sont ouvertes et des bribes de conversation s'en échappent. La chambre éclairée est peut-être celle de Mike.

Jonas ramasse des petits cailloux, les lance vers la vitre illuminée et s'accroupit derrière un buisson. Si ce n'est pas Mike qui apparaît, il a intérêt à être caché. Mais c'est Mike. Jonas siffle doucement.

– C'est Jonas, dit-il en étouffant sa voix.

– Je m'en doutais, chuchote Mike. Attends, j'arrive.

Il disparaît cinq minutes qui semblent une éternité, revient et jette une corde par-dessus l'appui de la fenêtre, il l'enjambe et descend en quelques brassées.

– T'as compris que nos conversations téléphoniques étaient écoutées ? souffle Mike.

C'est agaçant un jumeau dont la pensée suit le même chemin que la vôtre, à la même vitesse, on ne peut pas lui faire de surprises.

– Tu as trouvé un micro ? conclut Jonas.

– Hier soir mon père a démonté tous les téléphones de la maison, il paraît qu'ils étaient piégés. Du coup il a fouillé chaque pièce. Il a découvert sept micros espions. Il était fou de rage.

– Des micros comme celui-ci ? demande Jonas en sortant de sa poche l'objet qui était collé sous le buffet.

– Il y en avait chez toi aussi ? s'étonne Mike.

Cette fois, Jonas a réussi à le surprendre.

– Quatre, dont un dans le téléphone.

– Comment t'en es-tu aperçu ?

– Par hasard, en cherchant un truc sous le buffet.

Mike examine le micro apporté par Jonas.

– Il ressemble à ceux que mon père a enlevés.

– Ce n'est pas lui qui est espionné, dit Jonas. C'est nous.

Mike réfléchit en silence un long moment.

– Ça change tout, murmure-t-il.

– Je te le laisse si tu veux prouver à ton père que tu ne lui racontes pas de blagues.

Mike est tiraillé entre les questions qu'il se pose sur son père et celles que soulève Jonas.

– Je crois que j'ai fait une connerie, ajoute Jonas. J'ai lancé un appel sur un site de chat, Enfants adoptés… J'ai écrit « Enfant adopté cherche autre enfant adopté qui a passé son enfance au Refuge International à Verbier ». En trois langues, français, anglais, espagnol.

– Pourquoi ce serait une connerie ?

– Ceux qui nous surveillent avec ces micros sont sûrement capables de lire les messages qu'on envoie.

– Alors ils se doutent qu'on va tout faire pour les trouver, gronde Mike.

Jonas sourit, la combativité de Mike n'a pas été entamée par son agression.

– Faut que je rentre. Joséphine va s'inquiéter.

– Tu peux repartir par la rue. Clyde, notre garde du corps, est dans la maison. Merci de ta visite, ajoute-t-il très vite, je me sentais un peu seul.

Il remonte jusqu'à sa chambre presque aussi rapidement qu'il en est descendu, hisse la corde et lance à voix feutrée :

– Salut brother !

– À plus, répond Jonas.

Il enjambe la clôture du jardin de Mike et il s'élance sur le trottoir en sifflotant. Il a eu raison de faire le chemin jusqu'ici. Mike était content de le voir, et maintenant il est prévenu. Jonas n'a pas le temps de se réjouir davantage. Il reçoit un choc violent à l'arrière de la tête et perd aussitôt connaissance.

19

Une vrille s'enfonce dans la tête de Jonas, se retire, puis s'enfonce à nouveau. Il veut crier, mais sa bouche est remplie de coton et ceinturée de caoutchouc. Ses yeux sont bandés et ses mains attachées derrière son dos. Il est allongé à l'arrière d'une voiture. Au début c'est tout ce qu'il perçoit. Puis une voix grave à l'avant lance un ordre dans une langue inconnue.

– Right, approuve un autre homme tout près, ajoutant quelques mots incompréhensibles.

Qu'est-ce qui s'est passé ? Jonas roulait tranquillement dans la rue de Mike quand il a été assommé. Par des gens qui étaient planqués près de chez Mike et qui l'ont vu sortir du jardin.

Ont-ils cru que c'était Mike ?

Sa tête le lance, il a des crampes dans les bras et l'impression que le sang ne circule plus dans ses mains. Ses chevilles sont entravées. Il peut juste agiter les doigts et rouler d'un bord à l'autre de la banquette pour que le poids de son corps ne repose pas toujours sur le même bras. Mais s'il bouge, ses ravisseurs sauront qu'il a repris conscience. Jonas respire lentement pour se calmer, laisse dodeliner sa tête comme si elle était secouée par les cahots, tout en essayant de faire glisser le bandeau serré sur ses yeux.

Un rai de lumière finit par apparaître. Ils roulent à vitesse régulière sur une route très éclairée et très fréquentée, un grondement presque continu de moteurs les accompagne. Le périphérique !

Un portable sonne, Jonas entend un déclic et un grognement. Un des hommes se lance dans une longue phrase où Jonas comprend seulement « Mike Warehime ». C'est bien ce que pensait Jonas, ils croient tenir Mike.

Calme, ordonne Jonas à son cœur qui s'emballe. L'homme ajoute avec un fort accent indéfinissable : « Porte de Vincennes. » La voiture ralentit, s'arrête, repart. C'était un feu rouge. Ils ont quitté le périphérique. Ils roulent maintenant sur des pavés.

Ils tournent à droite, puis avancent en ligne droite en s'arrêtant de temps à autre. Ils sont dans une rue rectiligne qui part de la porte de Vincennes. Bientôt le chauffeur ralentit et tourne à gauche. Un arrêt, un feu, encore un tournant à gauche… Jonas essaie de se souvenir. Ils ont roulé environ cinq, dix minutes, depuis la porte de Vincennes. À quelle vitesse ? Cinquante avec les arrêts aux feux. Ils ont parcouru dix kilomètres maximum, puis ils ont tourné à gauche, deux fois. La voiture s'arrête, le passager descend. Jonas entend grincer une porte métallique, sans doute une porte de garage, la voiture avance de quelques mètres et le conducteur éteint le moteur.

On ouvre une portière arrière, on le secoue, Jonas geint faiblement comme s'il n'était qu'à moitié conscient. Un homme l'attrape à bras-le-corps et le jette sur son épaule tel un paquet. Il n'est pas très grand, Jonas a les pieds qui traînent par terre, et il boite légèrement, comme l'agresseur décrit par Mike. Il ouvre une porte et descend des marches. Il fait froid, ça sent l'humidité. Une cave. Le type le pose sans ménagement sur un matelas puis il s'en va, le laissant bâillonné, son bandeau sur les yeux, pieds et mains attachés.

Une clef tourne dans la serrure. Puis la voix de son ravisseur retentit. L'homme grommelle quelque chose, à son complice sans doute, et annonce d'une voix forte, comme lorsqu'on parle au téléphone :

– Mister Warehime ? We got your son.

20

Mike descend l'escalier, décidé à parler à son père des micros que Jonas a découverts chez lui, lorsqu'une dispute éclate entre ses parents. Sa mère est à bout et son mari ne lui donne pas d'explication capable de la rassurer. Un violent mal de crâne saisit Mike. Il attendra un meilleur moment pour annoncer que c'est lui, sans doute, qui est espionné.

Il faut trois analgésiques pour atténuer sa migraine. Il vient à peine de s'endormir lorsque la sonnerie du téléphone le réveille. Il est onze heures dix. Qui appelle à cette heure-ci ? Encore granny, la mère de son père, qui a oublié le décalage horaire entre Rutland et Paris ?

Il entend une exclamation étouffée puis des pas précipités qui grimpent l'escalier. Son père ouvre la porte de sa chambre et allume.

– Mais tu es là ! s'exclame-t-il stupéfait.

Et aussitôt après, il pense « Pourquoi ont-ils menti ? »

– Qui a menti ? demande Mike.

– Rien, c'était une erreur.

Son père est tellement troublé qu'il n'a pas remarqué que Mike reprenait des mots qu'il n'a pas prononcés.

– C'est faux ! s'énerve Mike. Tu ne serais pas dans cet état si c'était une erreur. Qu'est-ce qui se passe ? Cette fois, je voudrais bien que tu me répondes.

Il y a tant de rancune et d'amertume dans sa voix que son père reste interdit. Il secoue lentement la tête de droite à gauche, les yeux fermés, comme lorsqu'on essaie de chasser des idées noires.

– Je suis désolé Mike. Ce qui est arrivé est entièrement ma faute. Je n'ai pas su te protéger.

– Me protéger ? De quoi ?

– Des risques de mon métier. C'est à cause de moi que Sarah et toi avez été agressés par ces types dans la forêt. Ils voulaient vous enlever pour me forcer à leur livrer les résultats de mes travaux. Quand j'ai commencé à travailler sur les neurotransmetteurs, il y a dix ans, je n'avais pas imaginé les conséquences.

– C'est si risqué de chercher à soigner des maladies ?

– En principe non, mais comme tu le sais un laboratoire de recherches a besoin d'argent pour fonctionner. Il y a cinq ans, deux de mes articles ont fortement intéressé un collaborateur du secrétaire d'État à la Défense, et depuis mon laboratoire fonctionne sur des fonds de son Département, pour des projets classés « secret défense ».

– Mais... et les Français avec qui tu travailles ?

– J'étais déjà en relation avec l'équipe du professeur Mathieu quand le secrétaire d'État nous a contactés. Il a demandé à Friedman de recruter l'équipe française. En unissant nos forces nous avions des chances d'aboutir plus vite. Mais Mathieu a exigé un accord entre nos gouvernements. Il a fini par être signé après des tractations de marchands de tapis. Aujourd'hui nous touchons au but, c'est une immense avancée scientifique, mais elle me donne des sueurs froides.

– C'est quoi ce que tu as découvert, une arme secrète ?

– Ça pourrait le devenir. Mais ça peut aussi aider des milliers de malades à vivre mieux.

– Et qui sont ces gens qui veulent te forcer à livrer le résultat de tes recherches ?

– Un service d'espionnage d'un autre pays. Le Département de la Défense a envoyé Clyde pour nous protéger, mais je ne suis pas certain qu'il suffise à la tâche. La preuve, ce coup de téléphone.

– Qu'est-ce qu'ils t'ont dit ?

– Qu'ils t'avaient en leur possession. Que j'avais jusqu'à trois heures du matin pour rassembler les informations qu'ils veulent et les leur remettre dans un lieu qu'ils m'indiqueront plus tard. Sans ça, heure après heure, ils m'expédieront des morceaux de toi. Je me demande pourquoi ils ont menti.

Subitement, Mike comprend : son mal de tête, c'est un coup reçu par Jonas. Ces ordures l'ont kidnappé et maintenant ils veulent le découper en morceaux !

– Ils ont capturé Jonas, mon copain, mon sosie ! hurle-t-il.

– Qu'est-ce que c'est que cette histoire ?

Brièvement, Mike rappelle à son père sa rencontre avec Jonas. Il explique qu'ils sont devenus amis et que Jonas lui a rendu visite ce soir. La maison devait être surveillée, les ravisseurs ont cru que c'était Mike qui sortait, ils ne l'ont pas laissé aller plus loin.

– Je ne donne pas cher de la vie de ton copain s'ils s'aperçoivent qu'ils se sont trompés, dit son père anxieux.

– Ils ne s'en apercevront pas. Notre ressemblance est totale. En plus, ce soir il était coiffé et habillé comme moi.

– Quelle idée! J'aurais dû te prévenir plus tôt, murmure Nick Warehime, catastrophé.

– Il est onze heures et demie, coupe Mike, on a trois heures devant nous pour le sauver.

– J'appelle le commissariat.

Pendant que son père s'explique tant bien que mal au téléphone avec le policier de service, Mike se repasse le film de la soirée. Jonas est parti peu après vingt-deux heures. La migraine soudaine a pris Mike tout de suite après son départ, c'est à ce moment qu'il a dû être enlevé.

Les ravisseurs ont téléphoné à onze heures dix. Le temps de mettre Jonas en lieu sûr, sans doute. S'ils étaient en voiture, ce qui est le plus probable, ils auront roulé près d'une heure pour rejoindre l'endroit où ils tiennent Jonas prisonnier. En une heure de conduite quelle distance peut-on parcourir ? Cinquante kilomètres en région parisienne.

Mike va chercher un plan des environs de Paris. Avec un crayon et une ficelle en guise de compas, il trace un cercle de cinquante centimètres de rayon, cinquante kilomètres sur la carte, autour de Mareil. Ça fait un immense territoire.

– Des policiers viennent de Versailles, annonce le père de Mike. Un enlèvement d'enfant, c'est eux que ça concerne.

Ils mettent une grande demi-heure pour arriver à Mareil. Ils sont d'abord passés chez Jonas et en ont rapporté une photo, mais ils ont du mal à comprendre pourquoi on aurait enlevé Jonas à la place de Mike. Le père de Mike les informe de la nature de ses recherches, de ses liens avec le Département de la Défense américain et le gouvernement français.

Les policiers n'aiment pas la tournure que prennent les événements. L'un d'eux, un capitaine, s'isole pour contacter ses supérieurs hiérarchiques. L'autre se met en relation avec un service qui peut retrouver l'origine d'un appel téléphonique. L'appel a bien été enregistré sur le téléphone des Warehime, il provient d'un portable non identifié.

Des spécialistes vont venir avec leur matériel pour tenter de localiser le prochain appel des ravisseurs.

Du coup les policiers commencent à croire à cet enlèvement par erreur. Mais les choses se compliquent avec l'arrivée d'une femme blonde, jolie et très inquiète, Joséphine, la tante de Jonas, qui n'a pas supporté d'attendre chez elle des nouvelles de l'enquête. Elle a trouvé l'adresse des Warehime et exige des explications.

– Vous vous fichez de moi ! s'écrie-t-elle en apercevant Mike. Jonas est chez vous.

– Je ne suis pas Jonas, je suis Mike Warehime. On s'est rencontrés au basket.

– Qu'est-ce que c'est que cette histoire ?

Mike laisse sa mère s'emmêler dans une explication impossible, il y a plus urgent. Il s'approche du capitaine.

– Jonas se trouve dans un rayon de cinquante kilomètres, annonce-t-il.

Il déploie la carte sur une table, lui explique son raisonnement. Le capitaine approuve, il y a pensé lui aussi. Mike revoit le sourire malicieux de Jonas ce soir dans le jardin, lui faisant admirer ses nattes toutes neuves. Cinquante kilomètres, après tout ce n'est pas si loin. Et s'il essayait ?

Mike monte dans sa chambre et ferme la porte. Il s'assied en tailleur sur son lit, ferme les yeux, se concentre. Il pense de toutes ses forces « Jonas, c'est Mike ». Puis il recommence jusqu'à ce que sa tête soit près d'éclater.

21

Jonas tend l'oreille. La conversation téléphonique est terminée. L'homme ne se précipite pas vers la cave, il s'éloigne dans la maison. Il ne sait pas encore qu'il s'est trompé d'otage.

Joséphine doit commencer à s'affoler, elle a dû appeler le commissariat, les urgences... Mais personne ne sait où chercher Jonas.

Il ferme les yeux, les souvenirs affluent : ses parents, le sourire de son père, le parfum de sa mère, le jardin de Montpellier, les pizzas de Joséphine, les bras doux de Clara autour de son cou, les yeux noyés de Noémie, les boucles brunes de Sophie. Mike, le rire de Mike, si insouciant, Mike, son frère...

Tout à coup il perçoit, faiblement, mais obstinément « Jonas, c'est Mike... Jonas, c'est Mike ».

Mike ! Mike ne dort pas, Mike pense à lui, Mike a compris ! Évidemment, si on a téléphoné chez lui pour annoncer qu'on l'avait kidnappé et que ses parents ont constaté qu'il était bien là, Mike sait ce qui est arrivé.

Jonas doit oublier ses poignets douloureux, ses chevilles ankylosées, sa vessie surgonflée et sa peur. Se concentrer puis tendre toute l'énergie qui lui reste vers Mike. « Prisonnier dans une cave », formule-t-il, concentré comme si son cerveau envoyait une onde radio avec le maximum de puissance par-dessus le grouillement nocturne de la grande ville. « Prisonnier dans une cave », répète-t-il. Maintenant faire silence, devenir capteur. Et la réponse arrive : « Quelle ville ? »

Jonas sait seulement qu'il est dans une vieille maison d'une rue étroite, à dix kilomètres à l'est de la porte de Vincennes. Impossible de transmettre tant d'informations imprécises. Porte de Vincennes, c'est déjà une donnée capitale. Si ça passe, il essaiera la suite. Il s'efforce de respirer lentement, par le nez ce n'est pas facile, mais sa bouche est complètement entravée.

Il se concentre : « Est porte de Vincennes. » C'est fou l'effort que ça lui demande, une sueur froide lui coule sur les tempes.

Silence, vide, écoute. « Porte de Vincennes ? » répond Mike.

Une partie du message s'est perdue en route. Comment faire ? « Plus loin », c'est court, ça passera peut-être. Ça passe, et Mike a compris, puisqu'il répond « Vers l'est ? »

« Dix kilomètres », répond Jonas. « Nogent ? » demande Mike. Mais Jonas a transmis toutes ses connaissances. Il est épuisé, ses mains le lancent, son ventre se crispe.

On marche de nouveau au-dessus de lui. Le cœur de Jonas a des ratés, il faut tenter d'en savoir plus. Il doit relever le bandeau plus haut. Il retrouve assez de forces pour se redresser, chercher un mur à tâtons, y frotter son front. Il parvient à remonter le bandeau de quelques millimètres supplémentaires. Ça y est, il voit ! Une faible lueur se faufile par un soupirail placé haut qui doit donner sur la rue.

À côté d'un amas de bouteilles, Jonas distingue des cartons empilés, il se penche. Sur celui du dessus il parvient à lire : « Phillips, R 680. »

Un carton qui a contenu un appareil électroménager vendu chez Darty à Fontenay-sous-Bois. Et le carton suivant vient d'une épicerie… de Fontenay-sous-Bois.

Jonas aura bien la force de transmettre ce nom. À genoux, le corps douloureux, il lance son message : « Fontenay-sous-Bois, Fontenay-sous-Bois… » Et la réponse de Mike arrive sous forme d'une autre question : « Maison ? » Il a capté. Maison, oui. « Rue ? » Jonas n'en sait rien.

On marche, on s'arrête devant la porte de la cave, la clef tourne dans la serrure. Jonas n'a que le temps de se jeter sur le matelas. La lumière s'allume.

22

Mike s'est enfermé dans les toilettes pour ne pas être dérangé. Les policiers et son père sont déjà venus l'interroger trois fois sur ses relations avec Jonas. À chaque fois, l'état fragile de concentration et de disponibilité dans lequel il parvient à communiquer avec Jonas est rompu.

Les toilettes ne sont pas un endroit très propice à la concentration, mais au moins personne n'ouvrira la porte. Mike n'a encore rien dit aux policiers. Tant qu'il n'a pas une information précise à fournir, inutile de les alerter. Jonas est à Fontenay-sous-Bois. C'est immense, cette commune. Dans la cave d'une maison. Il faudrait avoir le nom de la rue, mais c'est une information que Jonas n'a peut-être pas.

À ce moment, le téléphone sonne au rez-de-chaussée. Mike sort en trombe de son refuge, dégringole les escaliers. Les policiers font signe à Nick Warehime d'attendre quelques secondes, le temps de brancher plusieurs appareils.

– Allô ? répond-il en décrochant enfin.

– Did you get what we want? demande une voix qui sort du haut-parleur installé par les policiers.

– I want to talk to my son, exige Nick Warehime.

– Did you get what we want? répète l'homme.

– I got it, but I want to talk to my son.

– Here he is.

– Dad, dit une voix lointaine, hurry up, please.

– Mike! hurle Nick Warehime comme si on lui arrachait le cœur. How are you?

– If you want him back, reprend la voix, be in Bezons at three, rue Maurice-Berteaux, number 17 in front of Café du Centre. I'll call you there on your mobil. And, I repeat, come alone and don't forget the program.

Mike a senti son cœur se serrer en entendant la voix affaiblie de Jonas.

– Je sais où il est, affirme-t-il.

Il reprend sa carte de la région parisienne et rappelle comment il a tracé son premier cercle autour de Mareil.

– Il est deux heures, mon père a rendez-vous à trois heures. Ils sont donc à environ une heure de Bezons, soit cinquante kilomètres.

Mike trace un second cercle, avec Bezons pour centre. Les deux cercles se recoupent à l'est de Paris.

– Il est là, dit-il en pointant la ville de Fontenay au milieu de la portion de territoire qu'il a délimitée.

– Un peu léger comme raisonnement, s'agace le capitaine.

– Mike a parfois des intuitions foudroyantes, assure son père.

– Jonas aussi, renchérit Joséphine. Il devine des choses auxquelles je n'aurais jamais pensé.

– Vous pouvez envoyer du monde à Fontenay ? implore le père de Mike.

– On ne va pas mobiliser une équipe d'intervention sur des fantasmes de gamin, rétorque le capitaine.

– Alors je préviens mon ambassade. Après tout, ces gens pensaient capturer mon fils.

Le capitaine n'apprécie pas du tout. Pour Mike, son père a bien joué, mais il faut lui donner un coup de pouce, tant pis pour ses petits secrets.

– Mon père ne vous a pas dit que je suis télépathe, avoue Mike. Si je le veux, je capte vos pensées. Par exemple en ce moment vous hésitez à réveiller le commissaire Dumézil.

Le capitaine le jauge, il se demande s'il y a un truc.

– J'ai réussi à entrer en contact avec Jonas, c'est lui qui m'a fait savoir qu'il était à Fontenay, enchaîne Mike.

– Qu'est-ce que vous risquez à le croire ? insiste Joséphine.

– L'appel a été relayé par une borne de Fontenay-sous-Bois, annonce l'homme qui s'est occupé de sa localisation. Il vient d'un portable non identifié.

Le capitaine se dit qu'il ne risque plus rien à appeler le commissaire Dumézil. Il s'isole un moment pour lui parler.

– Une équipe va être envoyée à Fontenay, prévient-il en revenant. Je ne peux pas faire plus, et il faudra vous expliquer sur cette affaire dès demain avec le commissaire.

Mike monte dans sa chambre, essaie de nouveau de joindre Jonas, en vain.

– Jonas, je t'en supplie, tiens le coup, murmure Mike.

Jonas a eu peur pour rien, l'homme qui est descendu à la cave tout à l'heure venait juste chercher une bouteille. Mais ça ne veut pas dire qu'ils le garderont vivant pour le rendre au père de Mike, comme ils l'ont annoncé au téléphone. Ce genre d'hommes restituent-ils un otage vivant ?

Il faut trouver le nom de la rue. En frottant la tête contre le sol, Jonas parvient à remonter encore le bandeau sur son front. Il roule comme il peut jusqu'au soupirail, mais même en se hissant le plus possible, il ne distingue rien dehors. Il a abandonné les cartons trop vite tout à l'heure, certains sont peut-être arrivés par la poste. Il reprend sa reptation à travers la cave. Rien sur celui de Darty, ni sur celui de l'épicerie. Avec les pieds, il pousse un carton après l'autre. Pas une indication sur celui-là. Celui-ci vient de La Redoute. Une entreprise de vente par correspondance, il devrait y avoir une adresse.

Il y a effectivement une étiquette au milieu du carton, mais Jonas ne parvient pas à lire ce qu'il y a dessus. Il se retourne, du bout des doigts attrape le bord du carton, puis il l'emporte sous le soupirail. Là, il déchiffre : Madame Sabatier, 16 rue d'Alger, 94120 Fontenay-sous-Bois.

À cet instant, il entend claquer une portière de voiture. Le front contre le mur, il tente de chasser la panique. Respiration, concentration : « 16 rue d'Alger, formule-t-il. Alger, Alger » pense-t-il en imaginant une ville blanche au bord de la mer, une fois, deux fois, dix fois, il faut que ça passe... La nausée monte, tout devient noir. Il s'évanouit.

Mike s'est à nouveau réfugié dans les toilettes. Le plus difficile est de calmer son angoisse pour rester disponible en permanence. Si Jonas parvient à en savoir plus, s'il a la force de le transmettre, Mike doit absolument être à l'écoute.

Il ne sait pas combien de temps il reste ainsi, assis par terre en tailleur, tentant d'évacuer ses propres pensées pour ne laisser place qu'à celles de Jonas.

Une image se forme dans sa tête, blanche et bleue. Le blanc domine le bleu d'une étendue immense, comme la mer... Qu'est-ce que ça veut dire ?

Une ville blanche au bord de la mer ? Laquelle ? Marseille ? Alger ! Ça y est, il entend. Alger, rue d'Alger.

Il s'oblige à ne pas bondir hors des toilettes. Jonas connaît peut-être l'adresse exacte. Il attend encore un long moment, réfrénant son impatience, mais l'image se dissout brutalement.

– Rue d'Alger ! hurle-t-il en dévalant l'escalier, dans une maison, dans une cave.

23

Amalia a du mal à trouver ses mots pour continuer sa conférence, depuis plusieurs minutes son biper vibre obstinément. Elle est parvenue à lire : « Quid de Jonas ? Norman. »

Une demi-heure plus tard, son intervention terminée, Amalia se précipite sur sa messagerie cryptée. Il y a des moments où sa double vie est difficile.

Un mail de Norman l'attend : « Que fait Jonas à Fontenay-sous-Bois ? »

– Désolée, répond-elle, je donnais ma conférence de fin de cycle.

– Tu pouvais l'interrompre, s'énerve Norman. En cas d'urgence, chaque seconde compte. Jonas s'est rendu chez Mike ce soir à vingt-deux heures, puis il est parti à Fontenay-sous-Bois en voiture. Que les relais se renseignent immédiatement.

Depuis que l'émetteur a été retiré de la tête de Mike et les micros découverts chez les deux garçons, leur surveillance est beaucoup plus difficile. Mais lorsqu'on les alerte, les relais réagissent très vite.

Un quart d'heure plus tard, ceux-ci contactent Amalia. L'un d'eux a appelé chez Jonas en se prétendant policier. Clara lui a appris que Jonas aurait été kidnappé. Le relais qui veille sur Mike annonce qu'il y a plusieurs voitures de police devant la maison des Warehime.

– Tu peux localiser précisément Jonas à Fontenay ? demande Amalia à Norman.

– Rue d'Alger, répond Norman quelques secondes plus tard.

– Débrouillez-vous pour avertir les policiers que Jonas se trouve rue d'Alger, à Fontenay-sous-Bois, ordonne Amalia au relais.

– Ils viennent d'envoyer du monde à Fontenay-sous-Bois. Mike leur a révélé l'adresse, annonce peu après le relais.

24

Jonas émerge lentement de son évanouissement. Il gît recroquevillé sur le sol, devant le soupirail. Il ne sent plus ses mains, ses poignets ne sont qu'une brûlure, ses cuisses sont crispées par les crampes, sa tête tourne, la nausée monte comme une vague. S'il vomit, avec ce bâillon il va s'étouffer. Que c'est difficile de se calmer quand on a peur et mal partout.

Une porte claque, des pas se dirigent vers la cave. Jonas tente de contenir la terreur qui l'envahit. Un homme descend l'escalier, s'approche de lui, le prend à bras-le-corps puis le hisse dans les escaliers.

Si Mike a capté son dernier message, il sait que Jonas se trouve rue d'Alger. Il faut retarder ses geôliers. Jonas perçoit une odeur de cambouis, il est dans le garage. Ils vont le mettre dans la voiture, après ce sera trop tard.

Les bras de l'homme se relâchent une seconde, Jonas se cabre d'un coup, le type ne parvient pas à le retenir. Jonas tombe sur un sol de ciment qui lui fait horriblement mal à l'épaule et aux hanches, il se mord les joues pour tenir et roule sous la voiture. Ils ne vont pas l'attraper facilement.

Il se déchire la joue, se taillade le bras contre la carrosserie, mais d'un coup de reins désespéré il continue sa reptation. Il est sur le ventre, le nez dans les détritus huileux. On l'attrape par les pieds, il lève aussi haut qu'il peut ses poignets derrière son dos et les accroche à la première aspérité qu'il rencontre. Le type tire, il va lui démettre les bras... Soudain le moteur se met en marche. Jonas reçoit une bouffée de gaz d'échappement en plein visage, le moteur vrombit et la voiture démarre, le traînant arrimé en dessous. Il a l'impression qu'on lui arrache les bras, qu'on lui casse la tête, puis plus rien.

25

– Ils ont tué Jonas ! hurle Mike en se dressant comme un diable du fauteuil où il s'était calé, pour guetter les échanges des policiers avec l'équipe envoyée à Fontenay.

D'un seul coup il a été submergé par une vague de douleur intense, qui a disparu tout de suite.

– Du calme, ordonne le capitaine. Ils ont localisé la maison.

– C'est trop tard ! crie Mike.

– Tu peux te tromper ? supplie Joséphine en lui prenant les mains.

Joséphine ne se pose plus aucune question sur les dons particuliers de Mike et Jonas. La seule chose qui lui importe c'est de retrouver Jonas vivant.

– J'ai eu tellement mal, souffle Mike.

Les mains de Joséphine se crispent fébrilement sur les siennes, des larmes coulent sur ses joues.

– Non, murmure-t-elle, non, ce n'est pas juste…

Le capitaine sort de la maison, son portable vissé à l'oreille. Mike le suit et se plante devant lui. Il ne s'en offusque pas. Peut-être commence-t-il à comprendre que Jonas est bien plus pour Mike qu'un partenaire de basket. Il écoute son correspondant, acquiesce, le visage impénétrable.

– C'est bon, dit-il à son interlocuteur.

Puis il se tourne vers Mike :

– Ils ont trouvé ton copain.

– Vivant ?

– Il s'en sortira peut-être.

– Qu'est-ce qu'ils lui ont fait ?

– Il était accroché sous la voiture quand ils ont fui. Il a été traîné sur plusieurs mètres… il est bien amoché mais vivant.

– Et les types qui l'ont enlevé ?

– Un est blessé à la poitrine, l'autre est en fuite, avec du monde à ses trousses. Dès que j'ai du nouveau, je te préviens.

Le capitaine rentre dans la maison, prend le père de Mike par le bras. Nick Warehime esquisse un sourire timide à l'adresse de Mike, puis le capitaine le conduit dans le bureau. Il va y avoir des discussions diplomatiques.

Jonas est vivant. Il a une épaule déboîtée, un tibia en compote et un traumatisme crânien. Il est dans le coma, au service de réanimation de l'hôpital Henri-Mondor de Créteil. Seule Joséphine a le droit de le voir, ce qui revient à s'asseoir à côté de son lit et à le regarder essayer de vivre avec tous les tuyaux qui lui sortent du corps. Elle appelle Mike après chaque visite pour lui faire part de l'avis des médecins sur l'état de Jonas. Jusqu'à présent, il n'y a pas grand changement.

Le ravisseur aussi est dans le coma. D'après les papiers qu'on a trouvés sur lui, ce serait un commerçant taïwanais, mais les policiers doutent que ces papiers soient authentiques. Le deuxième ravisseur court toujours. On a découvert sa voiture abandonnée dans la cour d'une imprimerie désaffectée, il y avait des traces de pneus de moto à côté. Ces gens avaient préparé leur fuite.

Le père de Mike a passé des heures au téléphone avec Nathan Friedman, le président de son laboratoire, avec le Département de la Défense, puis avec le professeur Mathieu. Des spécialistes américains peu loquaces ont examiné la maison de fond en comble, ils ont tout dépiauté, démonté, débité, ils ont encore découvert un minuscule émetteur dans le pied d'un fauteuil, le seul meuble rapporté de Cambridge.

Il y a eu de longs conciliabules ensuite entre le père de Mike et les spécialistes.

Nick Warehime a perdu son assurance d'homme responsable à qui tout réussit. Il ne part plus chaque matin à sept heures pour son laboratoire.

– Tu ne travailles plus pour Friedman ? finit par lui demander Mike.

– Si, mais personne ne vient au labo en ce moment, on vérifie la sécurité. Comme à la maison.

– Est-ce que tu peux me dire sur quoi portent tes recherches, maintenant ?

Son père se doutait bien qu'il poserait cette question.

– Sur les substances fabriquées par le corps qui conditionnent le fonctionnement du cerveau. C'est ma spécialité depuis l'université. Il y a sept ans, j'ai commencé à m'intéresser plus particulièrement aux mécanismes liés à certaines maladies qui ont des effets dévastateurs sur la personne. Elle perd le contact avec la réalité, interprète les faits, les gens, les objets en fonction d'une sorte de délire intérieur. Je me suis aperçu, et le professeur

Mathieu de son côté aussi, que la fin de ces crises était associée à la production par le cerveau d'une hormone particulière. Plus cette production était abondante, plus le malade se calmait vite, il était paisible, docile même.

– C'est cette substance que tu as voulu fabriquer ?

– En quelque sorte. C'était un très grand progrès, j'ai donc publié des articles sur mes travaux, presque en même temps que le professeur Mathieu, d'ailleurs. C'est à ce moment-là que le Département de la Défense s'est intéressé à nous.

Ça ne surprend pas Mike. Un produit qui rend les hommes dociles intéresserait n'importe quel Département de la Défense.

– Cette substance est facile à utiliser ? demande-t-il.

– Elle est soluble dans l'eau, indétectable. On peut la diffuser dans le réseau d'eau d'une ville, d'une région, peut-être d'un pays.

– Et les conquérir sans combat, conclut Mike.

– Quelle économie de vies humaines, n'est-ce pas ? Mais quels risques d'abus.

Comment son père a-t-il pu accepter de continuer ses travaux quand il a su à quoi ils serviraient !

– Tu n'as pas démissionné ?

– J'étais tenu par contrat de rester chez Friedman. Cette substance pouvait aussi soulager des milliers de malades, et puis son effet est limité dans le temps, il faut que l'organisme en absorbe régulièrement pour maintenir l'état de docilité, c'était compliqué à réaliser à grande échelle… Bref, j'ai été lâche.

– Et le professeur Mathieu ?

– Il a préféré se maintenir dans la course avec nous, pour que la France soit au courant de l'évolution d'une découverte majeure. Mais d'autres pays, qui menaient des recherches sur le même sujet, ont appris que nous étions sur le point d'aboutir. Ils ont tenté de pénétrer dans le labo… On est entrés dans un cycle de secret et de sécurité obsessionnels, mais ils s'en sont pris à toi et à Sarah pour me faire plier.

– C'est qui, ces hommes qui ont enlevé Jonas ?

– Des Coréens, semble-t-il. Ils ont les équipes de biologistes les plus performantes du monde, ils sont capables d'assimiler mes travaux très vite et de les reproduire.

– Qu'est-ce que tu vas faire maintenant ?

– Travailler sur autre chose, si Friedman me le permet. Sinon, je démissionnerai.

– Tu ne peux pas publier les résultats de tes recherches pour que ce soit la propriété de tout le monde ?

– J'y songe, mais tu risques de te retrouver orphelin. Soit on me supprimera avant, soit on m'emprisonnera pour trahison.

Et si c'était lui, Mike, qui dérobait à son père ses secrets et les publiait ?

– Et ne te mets pas en tête de diffuser mes travaux sur le Net, dit tristement son père, je ne donnerais pas cher de ton avenir.

– Tu entends mes pensées ?

– Ce n'était pas nécessaire pour comprendre où elles allaient. Je te connais quand même depuis onze ans. C'est toi qui lis dans mes pensées, moi je les devine seulement.

– Tu le sais depuis que vous m'avez adopté ?

– Non, tout ce que nous savions ta mère et moi c'est que tu étais un enfant extrêmement doué, à la fois logique et intuitif, et que la meilleure éducation t'aiderait à développer tes talents. Peu à peu j'ai compris. Tu n'es pas seulement doué, tu as des capacités exceptionnelles, paranormales. Ce qui m'émerveille le plus, c'est de voir que tu ne t'en es jamais servi pour écraser tes amis ni exploiter les faiblesses des autres.

– Quel intérêt ? s'étonne Mike.

– Le pouvoir, la domination, l'argent…

– J'ai la vie la plus belle qu'on puisse imaginer, pourquoi aller chercher autre chose ?

Mike a le sentiment que son père, d'un coup, est moins voûté. Mais ce qu'il a dit n'est pas exact, son désintéressement n'est pas total.

– En fait, corrige-t-il, je m'en sers pour gagner au basket.

– Avec ton équipe.

– Le basket est un sport d'équipe.

– Tu aurais pu choisir le tennis ou le ski où tu excelles également, et qui sont des disciplines solitaires. Tu es quelqu'un d'exceptionnel Mike, ne gâche pas ta vie pour payer mon inconséquence. C'est à moi de régler ça.

Mike a un peu honte de la méfiance qu'il a éprouvée pour son père ces derniers jours. Nick a peut-être manqué de courage, comme il le reconnaît lui-même, toutefois jamais il ne se serait servi de Mike pour tester ses travaux.

– Ce n'est pas toi qui as placé cette capsule dans ma tête, n'est-ce pas ?

– C'est ça que tu croyais ? Je me demandais aussi pourquoi tu étais si hostile depuis mon retour. Évidemment, pour un chercheur qui travaille sur le cerveau humain, tester ses inventions sur son fils paraît pratique, dit-il amer. Mais enfin Mike, tu crois que je t'ai adopté pour quoi ? Pour t'utiliser comme cobaye ?

Cette fois Mike se sent carrément minable.

– Tu as une idée de ce qu'était ce truc ?

– Je crains qu'on ait dissimulé sur toi un émetteur perfectionné pour te transformer en espion à ton insu.

Le téléphone sonne, c'est Joséphine.

– Mike ? Jonas se réveille ! crie-t-elle.

26

Mike doit attendre une semaine l'autorisation de se rendre auprès de son frère, qui a été démoli à sa place. Il retient son souffle en poussant la porte de la chambre. Jonas est pâle, amaigri, il a une jambe dans le plâtre et on lui a rasé ses nattes.

– Je suis affreux, soupire-t-il.

Mais ses yeux rient. C'est bien le même Jonas. Les tonnes de remords et d'angoisse qui pesaient sur les épaules de Mike s'envolent.

– Tu es magnifique, affirme-t-il.

Jonas a un sourire un peu contraint, le moindre mouvement doit lui faire encore mal.

– Tu peux me raconter ? demande Mike en s'asseyant à ses côtés.

– Lentement et à voix basse, plaisante Jonas.

Mike n'ose pas prendre la main de Jonas. Il pose seulement son bras sur le lit à côté du sien. Il faut une bonne demi-heure à Jonas, en reprenant son souffle de temps en temps, pour décrire les heures passées avec ses ravisseurs. Une infirmière entre deux fois dans la chambre, Jonas se tait aussitôt.

– Ne le faites pas trop parler, recommande-t-elle.

Mike promet et, dès que l'infirmière est sortie, Jonas reprend son récit.

– Ce sont des Coréens qui t'ont enlevé, annonce Mike.

Jonas le sait, les policiers qui se sont succédé à son chevet l'en ont informé.

– Qu'est-ce que ton père a découvert, pour qu'on se donne tout ce mal à le voler ?

– Une arme chimique indolore et indécelable, dit Mike. Maintenant que tu vas mieux, il est moins sombre.

– Tu lui en veux ?

– Ce serait idiot, il s'est fait piéger, on savait qu'il aurait du mal à abandonner ses recherches. Mais aujourd'hui il ne se le pardonne pas. Il est persuadé que tu as failli mourir à cause de lui et qu'on s'est servi de moi pour le surveiller, en me plaçant un objet espion dans la tête.

– Il y a de quoi se sentir coupable.

– Pour la capsule, je pense qu'il se trompe. Si on m'avait implanté ce truc récemment, je m'en serais rendu compte. Ce genre d'intervention laisse au moins une cicatrice, ça gratte, ça peut saigner. Cette capsule était là depuis longtemps.

– Tu penses que j'en ai une moi aussi ? comprend immédiatement Jonas.

– Il y avait bien chez toi les mêmes micros que chez moi.

– Elle était où exactement ta capsule ?

– Derrière l'oreille gauche, un peu au dessus, montre Mike.

– Nous allons vérifier ça tout de suite, dit Jonas en appuyant sur la sonnette d'appel.

Mais face à la conscience professionnelle d'une infirmière, même la voix qui vient du ventre est inefficace. Elle refuse de fendre la peau de Jonas parce qu'il sent une douleur bizarre derrière l'oreille. Il a déjà été examiné et radiographié sous toutes les coutures, s'il y avait quelque chose, les médecins s'en seraient aperçus.

– Elle est invisible à la radio, précise Mike.

Les médecins ne croiront pas plus que l'infirmière à l'existence d'un objet dont ils ne voient pas la trace. À moins qu'un autre médecin leur explique que c'est possible.

– Le docteur Zidi ! s'exclame Mike. Lui pourrait les convaincre.

– Surtout si on lui dit que je suis passé par Le Refuge moi aussi.

Le docteur Zidi veut bien raconter au chirurgien de l'hôpital de Créteil ce qu'il a découvert sous le cuir chevelu de Mike, mais celui-ci refuse de faire subir à Jonas le même traitement qu'à Mike sans une demande expresse de Joséphine qui ne sait pas quoi faire. Alors Mike décide de demander de l'aide à son père ou à ses parents.

– Il faut la convaincre, explique-t-il. En toi elle aura confiance.

– Tu ne m'as pas tout dit sur Jonas, n'est-ce pas ? présume son père.

– Jonas vient du Refuge comme moi, et nous sommes jumeaux…

– C'est vrai que vous vous ressemblez. Mais des jumeaux…

– On a comparé, nous sommes en tout point semblables, jusqu'aux grains de beauté dans le dos. Pourtant, d'après ses papiers, Jonas est né au Rwanda, nous n'avons aucun souvenir l'un de l'autre, et Le Refuge n'a pas essayé de nous faire adopter par la même famille.

– Le docteur Lehman ne nous a jamais parlé de Jonas, assure sa mère, et nous ne l'avons pas vu.

– Jonas a été adopté à trois ans comme moi, mais ses parents adoptifs sont morts il y a quatre ans dans un accident d'avion.

– Joséphine nous l'a appris.

La mère de Mike et Joséphine ont beaucoup parlé la nuit du sauvetage de Jonas. Elle est à la fois heureuse pour Mike de ce frère qui lui tombe du ciel et inquiète de découvrir tout ce que Le Refuge leur a caché.

– Et vous ne savez pas tout. Jonas a les mêmes dons que moi et il a trouvé chez lui des micros semblables aux nôtres. Jonas était espionné en permanence, comme moi.

– Tu veux dire que ce n'était pas pour connaître l'évolution de mes travaux que ces micros étaient placés ?

– Je crois que c'était pour me surveiller. Et Jonas a sans doute le même objet que moi dans la tête. Pour le prouver, j'ai besoin de vous.

Il a fallu réunir les arguments du docteur Zidi, ceux des parents de Mike, et l'autorisation de Joséphine pour décider le chirurgien d'Henri-Mondor à intervenir. Une anesthésie locale a suffi pour retirer de dessous le cuir chevelu de Jonas un objet insolite identique à celui que le docteur Zidi avait trouvé sous celui de Mike.

– Attention à ne pas vous le faire voler comme le premier, a rappelé Mike.

Le laboratoire de l'hôpital a été si surpris quand il a ouvert la capsule qu'il a préféré l'envoyer à un laboratoire rattaché à l'armée.

La réponse a mis plusieurs jours à leur parvenir. Il semble que la capsule contenait un minuscule émetteur qui envoie des signaux permettant de le localiser. Il serait fabriqué à partir de composés organiques, tirant l'énergie nécessaire à son fonctionnement des cellules environnantes. Un must de la biotechnologie, comme le laboratoire de l'armée n'en avait jamais vu.

– D'autant que le chirurgien pense que cet objet a été implanté sous la peau de ton crâne quand tu étais tout petit. Avant trois ans. À cette époque la technique en était balbutiante. Ceux qui ont conçu ça étaient très en avance, commente Mike.

– Alors on peut nous suivre à la trace depuis que nous avons quitté Le Refuge, conclut Jonas. Ça expliquerait ce qui m'est arrivé à neuf ans, reprend-il songeur. J'étais en vacances au bord de la mer avec mes parents.

Je suis parti sur l'eau dans un bateau pneumatique. Je me racontais que j'allais découvrir une île inconnue. Il faisait beau, je pagayais sans me rendre compte que le courant m'entraînait au large. Et puis, tout à coup je n'ai plus vu la plage. J'ai eu très peur, j'ai essayé de revenir mais le courant était plus fort que moi et les vagues grossissaient à mesure que je filais vers le large. Je me serais sûrement noyé si quelqu'un n'avait téléphoné aux garde-côtes pour dire qu'un bateau dérivait à quatre kilomètres au sud-ouest de la plage, avec un enfant dedans. Les garde-côtes ont envoyé un bateau à ma recherche. Ils m'ont découvert, recroquevillé de peur et de froid au fond de mon canot. On n'a jamais su qui avait appelé.

– Quelqu'un t'avait localisé sur la mer…

– Pour donner des informations aussi précises, il fallait savoir exactement où j'étais.

– On ne voulait pas nous perdre de vue.

– Tu penses, un si bel investissement ! Bichonnés trois ans, placés dans des familles soigneusement choisies, nous ne devions pas nous égarer.

– Les micros, ce seraient aussi les gens du Refuge ?

– Sûrement.

– Donc ils savent que nous nous sommes retrouvés.

– Et qu'on a la preuve que nous sommes jumeaux.

Pour confirmer les suppositions de Mike, son père a demandé un test génétique, dont les résultats sont positifs.

– Je ne sais pas s'ils apprécient, dit Mike. Ils s'étaient donné beaucoup de mal pour qu'on ne se connaisse pas.

– Pourquoi ?

– C'est qu'ensemble, on risquait de se poser des tas de questions et essayer d'y répondre.

– Et ça ne leur plaît pas ?

– J'ai l'impression.

27

Norman a convoqué tout le monde à une audioconférence.

– Comment va Jonas ? demande aussitôt Eva.

– Bien, la tranquillise Amalia. Le relais a pu replacer des micros dans l'appartement de Joséphine, les nouvelles qu'elle donne de Jonas sont tout à fait rassurantes. Mais il sait maintenant qu'il portait sur lui un émetteur miniature.

– Dans quel état d'esprit est-il ? s'enquiert Rachel.

– Je l'ignore, il se méfie du téléphone.

– Et Mike ?

– Je l'ignore aussi. Il faut attendre que les Warehime s'absentent pour replacer des mouchards.

– J'ai fait parvenir aux relais un nouveau système de surveillance, avertit Nimal.

– Surveillance ou pas, ils risquent de nous échapper, annonce Klaus.

– Je crois qu'il faut accélérer le processus d'éveil, propose Norman. Nous avons bien amorcé celui de Mike. Il réagit conformément à notre attente. Nous avons laissé Jonas tranquille pour qu'il récupère de la mort de ses parents, il serait temps de l'impliquer.

– Et l'appel lancé par Jonas sur le Net, avant son enlèvement ? demande Akiro.

– Je l'ai effacé, dit Amalia.

– Aucun des autres ne l'a capté ?

– Pas que je sache.

– La Fondation va organiser un colloque, déclare Norman. Nous avons besoin d'examiner ensemble les conséquences de ce qui vient de se passer et sans doute d'ajuster notre programme.

23

Dès qu'elle a su que Jonas pouvait recevoir des coups de téléphone, Noémie a averti Max, qui s'est empressé de l'annoncer à tout le collège. Le lendemain le téléphone n'a pas arrêté de sonner : Max d'abord, bien sûr, puis Mathieu, Francis, enfin toute l'équipe de basket.

– Si ça continue, je le débranche, menace l'infirmière. Vous avez besoin de repos.

– Je serai bref, promet Jonas.

Ces appels lui font plaisir, mais c'est un autre qu'il espère. Celui-là ne vient qu'à six heures du soir.

– Je ne te dérange pas ? demande Sophie.

– Je suis content de t'entendre.

Petit silence.

– Tu vas mieux ?

– Je guéris à toute vitesse pour t'accompagner au cinéma !

– Je peux te rendre visite ?

– Je suis affreux, annonce Jonas, j'ai des bleus partout, une jambe dans le plâtre et on m'a rasé la tête.

– Je suis pressée de voir ça. Demain après-midi, on n'a pas cours, madame Langlois est toujours absente. Je serai là à quatorze heures. Ça ira ?

Sophie ne pouvait pas mieux choisir. À cette heure-là, Jonas n'aura pas d'autre visite.

– Je t'attends.

Il a demandé qu'on l'aide à prendre une douche et à enfiler un survêtement propre. Ça ne remplace pas les tresses et ne cache pas les taches violacées qui ornent encore son front, mais il se sent mieux. Son plateau-repas emporté, Jonas s'empare d'un livre pour se donner une contenance, mais il ne comprend rien à ce qu'il lit.

À quatorze heures pile, on frappe doucement à la porte.

– Salut, dit Sophie en entrant.

Elle est plus belle que jamais.

– C'est gentil de faire tout ce trajet pour rendre visite à un éclopé.

– Tu n'as pas l'air si mal en point, rit-elle.

Puis, plus sérieusement :

– C'est terrifiant ce qui t'est arrivé.

– J’ai eu une sacrée trouille.

– Qu’est-ce que voulaient ces types qui t’ont enlevé ?

– C’est une histoire plutôt compliquée, dit Jonas.

– Tu peux me la confier ?

Elle rapproche le fauteuil de son lit, s’assied, pose un coude sur le drap, le menton dans sa main.

Son visage est à vingt centimètres de celui de Jonas. Elle sent délicieusement bon.

– Eh bien, j’ai découvert que j’avais un frère jumeau… commence Jonas.

À mesure qu’il raconte – pas tout, elle n’a pas besoin de savoir qu’il peut entendre ses pensées – il lit sur son visage la surprise, la crainte, la curiosité et une admiration qu’il ne pensait pas voir un jour dans son regard.

– C’est fou, murmure Sophie quand il se tait.

– Mais ça s’est bien terminé, fait Jonas en lui prenant la main.

– Et tu es là, chuchote Sophie.

Elle se penche vers lui. Sa bouche a un goût de framboise. Jonas ne savait pas qu’on pouvait être aussi heureux.

Jonas a gardé les yeux clos le plus longtemps possible pour revivre chacun des instants de la visite de Sophie. Il faut l'arrivée de Mike, en fin d'après-midi, pour le tirer de sa rêverie.

– Mon père part à Washington demain, annonce-t-il. Il espère parvenir à un accord avec le département d'État.

Après la découverte de l'émetteur miniature, le père de Mike a retrouvé l'envie de vivre et de se battre. Il s'est lancé dans des négociations féroces avec le Département de la Défense pour limiter l'usage de sa découverte, en menaçant de la diffuser sur le Net.

– Et sur Le Refuge, demande Jonas, il a obtenu quelque chose ?

– Rien. Comme si cette association n'avait jamais existé, pas plus que le docteur Lehman.

– Ça ne me surprend pas, soupire Jonas. Ces gens se doutaient qu'un jour ils risquaient une enquête, ils ont effacé toutes leurs traces. Je me demande s'ils vont nous lâcher maintenant.

– Ça m'étonnerait. On est trop précieux. Je suis sûr que les gens du Refuge savaient que nous ne sommes pas des enfants ordinaires.

Ce sont eux qui nous ont recueillis, qui ont choisi nos familles adoptives. Le système de surveillance, je suis persuadé que ce sont eux qui l'ont mis en place.

– Pour nous protéger à distance ?

– Pas seulement. On est restés trois ans entre leurs mains, trois ans stratégiques dans la formation d'un enfant. Je crains qu'ils aient d'autres projets qu'assurer simplement notre sécurité.

– Nous utiliser ?

– Des individus capables de lire dans les pensées et de faire plonger de trois mètres un type raide de peur, c'est tentant.

– On ne nous manipule pas facilement.

– Avec les moyens dont ces gens disposent on ne s'en apercevra peut-être pas. Ils nous ont bien placé un émetteur sous la peau du crâne. Le seul moyen de nous protéger c'est de découvrir qui ils sont et ce qu'ils nous veulent.

– On aura du mal à trouver une piste, soupire Jonas.

– Tu nous sous-estimes, brother ! Ensemble nous sommes redoutables. La preuve, rien ne nous empêchera d'aller à la cafétéria prendre un Coca.

Mike glisse une épaule sous le bras de Jonas, le hisse sur sa jambe valide et l'entraîne hors de la chambre.

Pendant un moment le couloir de l'hôpital retentit des rires mêlés des deux frères appuyés l'un contre l'autre.

Le message envoyé par Jonas est parti sur le Net à la vitesse de la lumière. En quelques secondes, il est apparu sur deux cent soixante écrans sans attirer l'attention. Ceux qui consultaient alors le site « Enfants adoptés » n'avaient jamais entendu parler du Refuge à Verbier.

Sauf le deux cent soixante et unième. Jorge, à Rosario en Argentine. Il a juste le temps de le lire avant que le message s'efface…

La suite des

Gardiens du secret

prochainement…

L'AUTEUR

Catherine Missonnier est née à Paris pendant la guerre. Elle a entendu exploser beaucoup de bombes autour d'elle. C'est peut-être pour exorciser ses peurs d'enfant qu'elle a besoin d'écrire des histoires.
Elle a vécu une partie de son enfance loin de la France (Madagascar, la Côte d'Ivoire, les États-Unis, l'Argentine...) puis a entrepris des études sérieuses et ennuyeuses pour trouver un travail passionnant et quasi impossible : transformer les cités de banlieue en lieu où il fait bon vivre. Et l'envie d'écrire l'a emportée dans d'autres univers.
Elle a toujours inventé des histoires pour voyager dans sa tête, amuser ses amies, puis calmer ses quatre enfants. En 1988, son premier roman a été publié. Depuis, une trentaine de romans et quelques nouvelles sont nés, romans d'aventure et d'espionnage, polars sombres, récits d'amours adolescentes, trilogies d'anticipation pour rêver à ce que pourraient être les hommes de demain.
Catherine Missonnier vit en banlieue parisienne.

L'ILLUSTRATEUR

Né à Ganges en 1979, **Jaouen Salaün** vit à Montpellier. Il a fait ses études à l'école Émile-Cohl de Lyon avant de collaborer avec de nombreuses maisons d'édition en jeunesse. Parallèlement il dessine une B.D. de science-fiction.
Ce passionné de cyclisme arpente les côtes de l'arrière-pays montpelliérain pendant ses maigres heures libres. Il travaille aussi « secrètement » sur des projets de courts-métrages...

DANS LA MÊME COLLECTION

à partir de onze ans

L'agenda, H. Montardre.
Bagnard à seize ans, Y.-M. Clément.
Le ballon d'or, Y. Pinguilly.
Un chien contre les loups, H. Montardre.
Dix, V. Petit.
Le duel des sorciers, J. Molla.
L'enfant interdit, M. Peterson Haddix.
Les gardiens du secret : Étranges connexions, C. Missonnier.
Le jardin des sortilèges, J. Molla.
Le jeu : Game over, J.-L. Luciani.
Le jeu : la Traque, J.-L. Luciani.
Le prince d'ébène, M. Honaker.
Rendez-vous à Venise, O. Prud'homme-Farges, E. Prud'homme.
Rendez-vous sur le Nil, F. Chaput, E. Prud'homme.
La rose noire, 5 récits du Moyen Âge, collectif.
Sorcière blanche, A.-M. Desplat-Duc.
Sur les ailes du ryu, C. Lambert.
Talents cachés, D. Lubar.
Transgenic world, M. Honaker.

Achevé d'imprimer en France en avril 2007
sur les presses de l'imprimerie Hérissey à Évreux.
Dépôt légal : mai 2007
N° d'édition : 4498
N° d'impression : 104591